Jeri Odell

Prozessanwälte küsst man nicht

D1664481

francke

Über die Autorin:
Jeri Odell schreibt Sachbücher und Romane, macht Vortragsreisen und unterrichtet an einer Sonntagsschule. Sie lebt mit ihrem Mann in Arizona und hat drei erwachsene Kinder.

Bibliografische Information Der Deutschen Bibliothek
Die Deutsche Bibliothek verzeichnet diese Publikation in der Deutschen
Nationalbibliografie; detaillierte bibliografische Daten sind im Internet über
http://dnb.ddb.de abrufbar.

ISBN 978-3-86827-099-0
Alle Rechte vorbehalten
Copyright © Jeri Odell
Originally published in English under the title
The Spinster and the Lawyer
by Barbour Publishing, Inc., 1810 Barbour Drive,
Urichsville OH 44683, USA
All rights reserved
German edition © 2009 by Verlag der Francke-Buchhandlung GmbH
Deutsch von Rebekka Jilg
Umschlaggestaltung: Verlag der Francke-Buchhandlung GmbH /
Christian Heinritz
Umschlagbilder: Bastos / fbc24 © www.fotolia.de
© iStockphoto.com / Steven Robertson
Satz: Verlag der Francke-Buchhandlung GmbH
Druck: Bercker Graphischer Betrieb, Kevelaer

www.francke-buch.de

Prolog

Chicago, Herbst 1884

„Ich habe Annika Windsor gestern gefragt, ob sie mich heiraten will", sagte Michael Truesdale aufgeregt zu seinem Mitbewohner.

Edwards Augenbrauen schossen nach oben. „Heiraten? Bist du dir sicher? Du kennst sie doch noch gar nicht richtig."

Michael grinste. „Ich bin mir sicher. Sie ist eine tolle Frau. Ich wünschte, du würdest dir ein bisschen Zeit nehmen, um sie besser kennenzulernen."

„Zeit? Woher soll ich die denn nehmen? Hast du etwa noch für andere Dinge Zeit als unsere Jurabücher?" Edward zeigte auf die Bücherstapel, die sich auf ihrem kleinen Schreibtisch türmten. „Wie hast du nur die Zeit gefunden, Annika zu umwerben?"

„Eigentlich habe ich sie gar nicht umworben." Michaels Herz schlug schneller, als er vor seinem geistigen Auge Annika mit ihrem kastanienbraunen Haar und ihren haselnussfarbenen Augen sah. „Wir lernen zusammen und essen gemeinsam Mittag. Ich habe sofort gemerkt, dass sie etwas Besonderes ist. Annika ist nicht so albern wie andere Frauen, aber sie hat trotzdem Humor und versteht Spaß."

Edward schüttelte nur den Kopf.

„Sie ist wunderschön", fuhr Michael fort, „intelligent und gläubig. Sie will durch ihr Leben die Welt verbessern. Wir werden nächstes Frühjahr heiraten, wenn wir beide unser Jurastudium abgeschlossen haben."

„Ich wünsche dir alles Gute." Michael schloss aus Edwards knapper Antwort, dass er immer noch an der Richtigkeit dieser Entscheidung zweifelte. „Aber es ging wirklich sehr schnell mit euch beiden."

„Ja", stimmte Michael ihm zu. „Aber wir lieben uns wirklich und können uns ein Leben ohne den anderen nicht vorstellen."

Niemand konnte die Liebe wirklich verstehen, bis er sie nicht selber kennengelernt hatte. Einige Monate zuvor wäre Michael selbst sehr skeptisch gewesen, wenn ihm einer seiner Kommilitonen von seiner großen Liebe vorgeschwärmt hätte. Aber jetzt war alles anders. Gestern hatten sie sich endlich gegenseitig ihre tiefen Gefühle füreinander gebeichtet und sich ewige Liebe geschworen. Ihre Beziehung war perfekt und Michael dankte Gott immer wieder für diese unglaubliche Frau.

„Bist du so weit? Wir müssen ins Seminar", sagte Edward, während er auf dem Schreibtisch die Bücher zusammensuchte, die sie gleich brauchen würden.

„Klar." Michael schnappte sich seinen Mantel und folgte Edward aus dem Zimmer und in den kalten Morgen hinaus. „Wenn es mit den Temperaturen weiterhin so schnell bergab geht, werden wir sicher bald Schnee bekommen."

Auf dem Weg zu ihrem ersten Kurs an diesem Morgen kamen sie an einer Kundgebung vorbei. Die Demonstranten setzten sich für das Frauenwahlrecht ein. Edward betrachtete die Menge kurz. „Natürlich sind 90 Prozent von ihnen Frauen", sagte er kopfschüttelnd.

„Warum verstehen sie nicht, welchen Plan Gott für sie hat?", fragte Michael verständnislos. „Der Mann ist das Haupt der Familie. Er muss dafür sorgen, dass es seiner Frau und seinen Kindern gut geht. Er muss sie vor der harten Realität beschützen."

„Offensichtlich wollen einige Frauen sich aber das Recht erkämpfen, sich selbst zu beschützen."

Michael schüttelte betroffen den Kopf. Das war doch gegen die Schöpfungsordnung Gottes.

„Ist das nicht Annika?" Edward zeigte in ihre Richtung.

Michael wurde aus seinen Gedanken gerissen. Sein Herz schlug ein bisschen schneller, diesmal jedoch nicht vor Freude. Er konnte es nicht fassen! Annika hielt tatsächlich ein großes Schild hoch, auf dem sie nicht nur das Frauenwahlrecht forderte, sondern es auch als ihr gottgegebenes Recht bezeichnete.

Mit schnellen Schritten ging er auf sie zu. Bei jedem Schritt wuchs sein Ärger. Als er sie erreicht hatte, ergriff er sie an den Schultern und fragte erregt: „Was glaubst du eigentlich, was du hier tust?"

Erschrocken fuhr Annika herum. Als sie Michael erkannte, machte ihr Herz einen Freudensprung. Erst nach einigen Augenblicken sah sie den Ärger in seinen Augen. Er entriss ihr das Schild und warf es zu Boden. Sofort flackerte Wut in ihr auf.

„Die Frage ist doch wohl eher, was *du* glaubst, was du hier tust", fuhr sie ihn erbost an. Dann hob Annika ihr Schild wieder auf, das jetzt leicht ramponiert aussah.

Um sie herum hatte die Menge einen Kreis gebildet. Sie wurden angestarrt und einige flüsterten leise miteinander.

„Ich kann Frauenrechtler nicht ausstehen!", presste Michael zwischen seinen Zähnen hervor. Seine Augen loderten.

Annika hatte ihn noch nie so erlebt – so wütend und unnachgiebig.

„Was hast du gesagt?", fragte sie fassungslos.

„Meine Ehefrau würde niemals mit so einem blöden Schild in der Gegend herumlaufen und diesen Unsinn unterstützen", sagte er lauter als nötig.

Wie konnte er nur so reagieren? Annika antwortete betont gelassen: „Und mein Ehemann würde nie infrage stellen, dass Frauen mit Respekt behandelt werden sollten. So wie es jeder intelligente Mensch verdient."

„Habe ich dich denn jemals nicht mit Respekt behandelt?", wollte Michael wissen.

„Ja, gerade eben, als du mein Schild in den Dreck geschmissen hast, als sei es Abfall." Sie betrachtete sein gut aussehendes Gesicht, das Gesicht, in das sie sich verliebt hatte, und ihr wurde klar, dass sie den Menschen hinter diesem Gesicht doch nicht so gut kannte, wie sie gedacht hatte.

„Wie konnten wir es versäumen, über unsere Einstellung zum Frauenwahlrecht zu sprechen?"

„Ich dachte – ", brachte Michael zögernd hervor.

„Dass ich die gleiche Meinung vertrete wie du?" Sie schüttelte vehement den Kopf. „Ich bin wirklich erschüttert. Nicht nur über das Verhalten, das du heute an den Tag gelegt hast, sondern auch über deine Engstirnigkeit."

„Mir hat noch nie jemand vorgeworfen, dass ich engstirnig bin."

„Ich werfe es dir nicht vor, Michael. Ich stelle es nur als Tatsache fest. Du bist engstirnig." Sie unterstrich ihre Worte, indem sie ihm mit dem Finger gegen die Brust tippte. „Es ist kein Verbrechen, eine Frau zu sein oder zu versuchen, die Lebensbedingungen für andere Frauen zu verbessern. Wenn du das nicht verstehst, bist du nicht der Mann, für den ich dich gehalten habe. Geschweige denn der Mann, den ich jemals heiraten würde."

Mit diesen Worten drehte sie sich um und stapfte zurück an ihren Platz in der Gruppe der Demonstranten.

Als sie sich das nächste Mal umsah, war Michael gegangen. Annika wusste, dass sie wohl gerade die kürzeste Verlobung der Geschichte beendet hatte. Sie fühlte sich schrecklich. Für zwei Anwälte hatten sie in puncto Konfliktlösung wirklich versagt.

Kapitel 1

Territorium Arizona, September 1894

Der Zugbegleiter gab an, dass sie in etwa dreißig Minuten Cactus Corner erreichen würden. Michael holte noch einmal das Schreiben aus seiner Ledertasche, das ihn hier in diese gottverlassene Gegend geführt hatte. Er sah kopfschüttelnd aus dem Fenster des Zuges. Er reiste zwar viel, aber noch nie war er so weit in den Westen gekommen. Diese Wüste war bestenfalls als hässlich zu bezeichnen – trocken und trostlos.

Er las den Brief in seiner Hand ein letztes Mal, um sich seiner Anweisungen ganz klar zu sein.

Mr Truesdale,
vielen Dank für Ihre Antwort auf die Bitte der Männer unserer Gemeinschaft, uns in einer territorialen Angelegenheit zu vertreten. Sie wurden uns als Experte für Grundbesitzstreitigkeiten empfohlen und wir hoffen, dass Sie uns bei unserem Problem helfen können. Wir freuen uns, Sie in ein paar Wochen willkommen zu heißen.
Die gegnerische Anwältin hat ihr Büro im Gebäude direkt gegenüber dem Bahnhof. Sie weiß nicht, dass Sie kommen, also haben wir den Überraschungseffekt auf unserer Seite.
Hochachtungsvoll,
John Turner

Unter Mr Turners Unterschrift befand sich eine Liste mit über zwölf anderen Namen, anscheinend alles Mitkläger. *Es ist keine Überra-*

schung, dass der andere Anwalt eine Frau ist. *Wahrscheinlich eine von diesen Frauenrechtlerinnen.* Wieder schüttelte er den Kopf. Auch wenn er versuchte, sich gegen diesen Gedanken zu wehren, so kam ihm doch wieder Annika in den Sinn. Das letzte Jahr ihres Studiums hatte er sie kaum noch zu Gesicht bekommen. Trotzdem war er ein vehementer Gegner des Frauenwahlrechtes geworden. Immer im Streit mit Annika, hatte er versucht, jeden ihrer Versuche zunichtezumachen, das Frauenwahlrecht zu fördern.

Michael konzentrierte sich wieder auf die Gegenwart. Er hatte seinen guten Namen dafür benutzt, diese Angelegenheit im Pima County Landagentenbüro in Tucson zu verzögern, bis er die Zeit gefunden hatte, hierher zu kommen. Jetzt war es so weit, und wenn er sich erst einmal mit der Angelegenheit vertraut gemacht hätte, würde er seinen Einfluss bei Gericht geltend machen und den Prozess beenden. Er war in den letzten sechs Jahren in keinem einzigen Fall unterlegen gewesen und gegen eine Frau würde er sicher nicht verlieren.

Der Zug fuhr in den kleinen Bahnhof von Cactus Corner ein. Michael nahm sein Gepäck, stieg aus dem Waggon und stand im trockenen Staub Arizonas. Er streckte seine Glieder und betrachtete den Horizont. Überall um sich herum konnte er in einiger Entfernung hohe Berge ausmachen, die sich der heißen Sonne entgegenstreckten. Cactus Corner lag in einem Tal genau in der Mitte.

Michael warf sich sein Gepäck über die Schulter und ging direkt auf die Pension auf der anderen Straßenseite zu. Es war ein altmodisches, zweistöckiges Gebäude, das gleich neben dem Haus stand, in dem die Anwältin ihr Büro haben sollte. Er zog Pensionen Hotels vor, weil es hier meist familiärer zuging. Es war eher wie zu Hause.

Zu Hause. Dieses Wort machte ihm das Herz schwer. Er hatte niemals geplant, ein Experte für Grundbesitzstreitigkeiten zu werden und tagaus, tagein unterwegs zu sein. Natürlich war er weiter herumgekommen als die meisten Menschen, aber abgesehen von seiner Familie zu Hause hatte er niemanden. Keine Freunde, niemandem, bei dem er sich wohlfühlte. Er schüttelte diese Gedanken ab. Jetzt war keine Zeit für Sentimentalitäten.

Michael mietete sich ein Zimmer für den nächsten Monat, weil er sich dachte, dass er mindestens so lange hierbleiben würde, griff seine Ledertasche und machte sich auf den Weg nach nebenan, zum Büro der gegnerischen Anwältin.

Er klopfte an, doch niemand antwortete. Schließlich trat er so ein. Der Raum war leer, aber die Tür knarrte so laut, dass jeder in der Stadt Michaels Eintreten gehört haben musste. Er ließ seinen Blick durch das Büro schweifen. Es sah ganz anders aus als die meisten Anwaltsbüros, die er bisher gesehen hatte – klein, beengt und einfach. Harte hölzerne Stühle standen an einer Wand, ein alter, mitgenommener Schreibtisch drängte sich in die Ecke und dann war da noch der Empfangstresen, an den er sich gerade lehnen sollte.

„Hallo. Kann ich …"

Annika. Michaels Herzschlag setzte aus. Er hatte nicht erwartet, sie noch einmal wiederzutreffen oder all die Gefühle zu empfinden, die sich jetzt in ihm ausbreiteten. Sie kam leichten Schrittes in den Raum, das Lächeln auf dem Gesicht, an das er sich noch so gut erinnern konnte – bis sie ihn erkannte. Ihr Lächeln verschwand und sie blieb auf halbem Weg zum Empfangstresen stehen. Ihr Gesicht wurde blass und sie atmete tief ein. Dann schien sie sich gefangen zu haben und kam mit ihren langsamen, eleganten Bewegungen auf ihn zu.

„… Ihnen helfen, Mr Truesdale?"

Annika hielt sich am Tresen fest, nicht sicher, ob sie ohne Hilfe würde stehen können. Michael, der Mann, den sie trotz aller Streitigkeiten nicht hatte vergessen können, stand kaum einen Meter von ihr entfernt und sah noch besser aus, als sie ihn in Erinnerung gehabt hatte. Er war erwachsen geworden. Sein Gesicht hatte einige Falten bekommen und in seinem Bart zeigten sich erste graue Haare, die sie bei seinen 37 Jahren überraschten. Aber diese blauen Augen, die die Farbe eines klaren Sommerhimmels widerspiegelten, faszinierten sie noch immer.

Er wirkte genauso überrascht über dieses zufällige Treffen wie sie. In ihren wildesten Träumen – oder eher in ihren schlimmsten Albträumen – hätte sie nicht damit gerechnet, ihn jemals wiederzusehen. Sie wusste nicht, was sie sagen sollte oder was ihn hierher geführt hatte. Plötzlich wurde es ihr bewusst. Wie Schuppen fiel es ihr von den Augen. Er war der Grund, warum die Einigung im Grundbesitzstreit auf Eis gelegt worden war. Annika war kurz davor gewesen, den Streit gütlich beizulegen.

Sie streckte ihre Schultern und bereitete sich innerlich auf einen Kampf vor. Leider lief es für keinen von beiden gut ab, wenn sie sich stritten. Das letzte Mal stand ihr noch klar vor Augen.

„Kann ich Ihnen irgendwie helfen?", wiederholte sie. Ihre Stimme klang kalt und barsch.

Michael hob sein Kinn um wenige Millimeter. Seine Augen trafen die ihren. Sie strahlten keine Wärme aus. Auch betrachtete er sie weder mit Respekt noch mit Bewunderung, wie er es einst getan hatte. Er legte seine Tasche auf den hölzernen Empfangstisch und holte einige Akten hervor.

„Das scheint ein offizieller Besuch zu sein. Und ich dachte, du wärst zur Besinnung gekommen, wenn es um die Frage des Frauenwahlrechts geht." Sie wollte ihn mit diesen Worten provozieren, ihn in die Defensive drängen. Sie konnte jeden Vorteil brauchen, denn man kannte Michael Truesdale als einen respektablen und beeindruckenden Anwalt – einen, der niemals einen seiner Fälle verlor.

Er lächelte nur. Annikas Worte schienen genau den gegenteiligen Effekt auf ihn zu haben. Sie erinnerten ihn sofort wieder daran, warum er hier war und dass er die Vergangenheit hinter sich lassen wollte.

„Ja, Miss Windsor, ich vertrete Mr Turner und ein Dutzend anderer Männer, die in dieser Gemeinde leben und die Verteilung der Grundbesitze anfechten, die Sie ausgehandelt haben."

Annikas Herz schlug laut und sie wusste, dass sie die Auseinandersetzung ihres Lebens vor sich hatte – sowohl ihres beruflichen als auch ihres privaten Lebens.

„Alles lief legal und ehrlich ab. Ich versichere Ihnen, dass ich mich in vollstem Umfang an die geltenden Gesetze gehalten habe."

Michael rieb seinen Bart mit Daumen und Zeigefinger, während er sie mit zusammengekniffenen Augen ansah. „Es ist wirklich interessant, dass dreißig alleinstehende Frauen im Bezirk von Pima das genaue Datum kannten, an dem der Carey Landerlass in das Gesetzbuch aufgenommen wurde, und dass sie genau zum richtigen Datum alle Papiere fertig hatten. Nicht nur das – kein einziger Mann im ganzen Bezirk beanspruchte die 160 Morgen Land. Wie konnte das geschehen, Miss Windsor?"

Seine Einstellung machte sie wütend. „Erstens, Mr Truesdale, möchte ich Sie daran erinnern, dass ich nicht dafür verantwortlich bin, was die Männer in diesem Bezirk tun oder lassen. Wenn Sie nicht gut genug informiert sind, ist das nicht mein Problem. Und zweitens sind wir hier nicht vor Gericht. Aber wenn wir es wären, würde Sie der Richter wegen Belästigung der Zeugen zurechtweisen. Und jetzt entschuldigen Sie mich bitte. Ich habe zu arbeiten."

Sie drehte sich um und ging in Richtung des Schreibtisches.

„Ich hatte gehofft, wir könnten uns auf einen vernünftigen Kompromiss einigen."

Seine Worte ließen sie innehalten. „Und was ist Ihrer Meinung nach ein *vernünftiger* Kompromiss, Mr Truesdale?"

„Sie überzeugen zwölf der dreißig Frauen, ihre Ansprüche aufzugeben, damit meine Mandanten eine gerechte Chance bekommen."

„Eine gerechte Chance!" Dieser Mann hatte Nerven. „Sie hatten die gleiche Chance wie die Frauen. Ich bedaure, dass sie sie nicht frühzeitig genutzt haben, aber ich werde niemanden dazu bringen, auf seine Ansprüche zu verzichten."

„Wie sollten diese Frauen denn überhaupt ihre Ranch führen, Miss Windsor? Was wissen sie denn schon über den Umgang mit Vieh, über die Rinderzucht oder über den Bau von Zäunen?" Eine Falte bildete sich zwischen seinen Augenbrauen.

„Sie könnten Ihre Mandanten als Arbeiter anheuern." Sie spuckte ihm diese Worte förmlich vor die Füße.

„Meine Mandanten werden nicht für Frauen arbeiten, die es sich in den Kopf gesetzt haben, so eine Spinnerei zu verfolgen. Kein Mann würde das tun." Sein Gesichtsausdruck war angewidert.

„Spinnerei? Wie können Sie so etwas behaupten? Meine Mandantinnen haben für diese Chance hart gearbeitet, lange geplant und ihr Geld zusammengehalten. Glauben Sie, sie würden so etwas aus Jux und Dollerei machen? Nein, sie haben ihr Herzblut in dieses Land investiert und ich werde keine von ihnen bitten, ihren Traum aufzugeben, weil ein paar Männer nicht richtig geplant haben."

„Dann werden wir uns wohl vor Gericht wiedersehen, Miss Windsor. Und denken Sie daran, ich verliere niemals."

Annikas Herz schlug laut in ihrer Brust, aber sie blieb hart. „Einmal ist immer das erste Mal, Mr Truesdale. Guten Tag." Damit drehte sie ihm endgültig den Rücken zu und ging erhobenen Hauptes und mit kerzengeradem Rücken durch die Hintertür ihres Büros. Als sie die Tür hinter sich geschlossen hatte, lehnte sie sich erschöpft gegen die Wand und atmete tief ein.

Wie konnte ich ihn jemals lieben? Dieser Mann ist arrogant und ungerecht.

Die Vordertür quietschte laut. Offensichtlich war Michael gegangen. Schnell ging sie wieder ins Büro und schloss die Tür ab. Sie brauchte jetzt Ruhe. Vielleicht sollte sie ins Waisenhaus gehen und dort ihre kleinen Freunde besuchen. Das würde sie entspannen.

Schnell schrieb sie eine kurze Nachricht auf einen Zettel und hängte ihn an die Tür zu ihrem Büro. Wenn jemand etwas von ihr wollte, sollte er nach dem Mittagessen wiederkommen.

Annika beeilte sich, zum Waisenhaus zu kommen. Sie hasste die unerträgliche Hitze, die in dieser Gegend im Sommer herrschte. Zum Glück musste sie nur ein kleines Stück die Straße hinunter. Normalerweise vermied sie es, tagsüber aus dem Haus zu gehen.

Als Annika das Waisenhaus betrat, wurde sie freudig von Jane, Charlene und Weißer Taube begrüßt. Sie umarmte zuerst Jane. Die Fünfzehnjährige war mit ihrem blonden Haar und den braunen Augen eine wahre Schönheit.

„Wie geht es Grace und den Kindern?", fragte Annika Jane, als sie sich bückte, um auch Charlene und Weiße Taube zu umarmen.

„Ich liebe es, Grace mit den Kleinen zu helfen. Wir haben sie heute Morgen alle gebadet. Jetzt duften sie endlich alle wieder." Janes Augen nahmen einen träumerischen Ausdruck an. „Hast du diesen süßen Jungen in der Kirche gesehen? Er ist neu. Vielleicht wirbt er eines Tages um mich und wir können selbst Kinder haben."

Annika lächelte über Janes naive, romantische Schwärmerei. Früher hatte sie die gleichen Hoffnungen gehabt. Ein dumpfer Schmerz breitete sich in ihrem Herzen aus. Heute waren Michael und sie Feinde.

„Vielleicht ist genau das Gottes Plan für dich. Aber wer weiß? Vielleicht hat er auch etwas anderes im Sinn." Für sie hatte er etwas anderes im Sinn gehabt. „Deshalb musst du auch weiterhin zur Schule gehen und lernen. Dann bist du auf alles vorbereitet."

Annika wandte sich an Charlene. „Schatz, hol mir doch deine Bürste, dann helfe ich dir mit deinen Haaren." Annika bürstete Charlenes widerspenstiges Haar so oft es ging.

„Ich lerne sehr viel", versicherte ihr Jane. „Jetzt muss ich aber schnell wieder zu Grace." Jane umarmte Annika schnell noch einmal. „Ich will, dass du mir alles über Jungs beibringst, was du weißt." Dann rannte sie zu Grace.

Annika seufzte. Sie wusste nichts über dieses Thema, absolut nichts.

Annika hob Weiße Taube auf ihren Arm und fragte: „Wie geht es meinem kleinen Schatz heute?" Dann streichelte sie das wunderschöne lange schwarze Haar der Sechsjährigen, die sie mit ihren dunklen, fragenden Augen ansah. Weiße Taube legte ihre kindlichen braunen Hände auf Annikas Wangen.

„Ich liebe dich, Miss Annika."

„Oh, ich liebe dich auch, Süße." Sie umarmte das Kind und Muttergefühle durchströmten sie.

„Ich dachte, ich hätte deine Stimme gehört." India stürmte in den Raum. „Dein Timing ist perfekt. Carla ist krank und wir brauchen jemanden, der in der Küche hilft. Wir werden es wahrscheinlich nur zu viert schaffen, diese ganzen Mäuler satt zu bekommen. Ich frage mich, wie Carla das immer allein geschafft hat."

Annika lachte, weil sie sich die vier Frauen völlig überfordert und mit Mehl bestäubt vorstellte. „Ich bin sofort da. Aber zuerst habe ich einen wichtigen Haarkämmtermin."

Charlene war zurückgekehrt, deshalb setzte Annika Weiße Taube wieder ab und widmete sich einige Minuten dem widerspenstigen blonden Haar der Zehnjährigen.

„Also gut, Süße, dein Haar ist nun wunderschön. Ich muss jetzt in die Küche und für euch kochen." Sie gab der Kleinen einen Kuss auf den Kopf und ihr wurde einmal mehr klar, wie gern sie hier im Waisenhaus war.

Nachdem sie die Küche betreten und sich die Hände gewaschen hatte, fragte sie: „Was soll ich tun?"

„Du könntest hundert Kartoffeln schälen", scherzte Jody.

„Was machst du denn mitten am Tag hier?", fragte Elaine, als Annika sich am Tisch niederließ und die erste Kartoffel in die Hand nahm. „Machst du heute früher Mittagspause?"

„Ich habe mich nur nach einigen freundlichen Gesichtern gesehnt. Ich werdet nicht glauben, wer mich heute Morgen besucht hat."

Ihre drei besten Freundinnen wandten sich ihr mit gespannten Gesichtern zu.

„Michael Truesdale!"

„Michael Truesdale?", wiederholten die drei ungläubig.

„Dein alter Verehrer?", fragte Elaine.

„Ja, genau der", bestätigte Annika.

India grinste. „Ist er gekommen, um seine Fehler wiedergutzumachen, dich um Verzeihung zu bitten und mit dir in den Sonnenuntergang zu reiten?"

Annika rollte die Augen. „Wohl kaum. Außerdem ist es für mich auch schon ein bisschen spät mit dreißig." Ihre Stimme klang nicht so sorgenfrei, wie sie es gerne gehabt hätte. Dann rang sie sich dazu durch, ihren Freundinnen die Geschichte vom Vormittag zu erzählen. Dabei merkte sie, dass Michaels Eindringen in ihr Leben sie mehr ärgerte, als sie es erwartet hätte.

Nach einer Weile betrat Mrs Jacobson die Küche und hatte ausgerechnet Michael Truesdale im Schlepptau. Annika fiel fast vom Stuhl. Ihre Blicke trafen sich. Musste er auch noch in ihr Privatleben eindringen? War ihm ihr berufliches Leben nicht genug?

Kapitel 2

Annika. Na toll. Schon wieder ein Zusammentreffen mit dieser Frau. Sie ist zäh wie ein Bulle! Es kam ihm vor, als wäre jedes ihrer Zusammentreffen schlimmer als das letzte.

Mrs Jacobson sagte: „Dieser Herr ist hier, um Ihnen zu helfen. Er wohnt für ein paar Monate in unserer kleinen Stadt. Wenn er reist, dann hilft er immer in den örtlichen Waisenhäusern aus. Mr Michael Truesdale."

Ein Klirren ertönte aus Richtung des Waschbeckens. Die Frau, die gerade darübergebeugt stand, hob schnell das Messer wieder auf, das ihr vor Schreck aus der Hand geglitten war. Alle Frauen sahen ihn mit skeptischen Blicken an. Ganz offensichtlich hatten sie schon von ihm gehört – und zwar nicht von seinen guten Seiten.

Mrs Jacobson fuhr mit der Vorstellungsrunde fort. „Das sind Mrs India Dillinger, Miss Annika Windsor und Miss Jody MacMillan. Sie arbeiten auch freiwillig in ihrer Freizeit hier. Und das ist Elaine Daly. Sie ist hier angestellt."

„Es freut mich, Sie kennenzulernen, meine Damen", sagte er freundlich, obwohl er wusste, dass keine der Frauen ähnlich empfand.

Niemand sagte auch nur ein Wort. Sie starrten ihn alle an. Endlich sagte Mrs Dillinger: „Ja, also, wir müssen das Mittagessen fertig bekommen. Warum kümmern Sie sich nicht um die Bohnen? Da ist noch Platz zum Arbeiten für Sie." Sie zeigte in eine Ecke der großen Küche – die Ecke, die am weitesten von Annika entfernt war.

Mrs Dillinger bot ihm noch einen Stuhl an, dann stellte sie eine riesige Schüssel mit Bohnen und einen Topf mit Wasser vor ihm ab. In dem Raum, der vor seiner Ankunft wahrscheinlich noch mit Gesprächen und Lachen erfüllt gewesen war, war es jetzt totenstill und eine unangenehme Spannung lag in der Luft. Er schnitt die Enden der Bohnen ab und ließ das Gemüse dann ins Wasser fallen. Nach fünf Minuten konnte er die unangenehme Stille nicht mehr ertragen. Er wandte sich an Annika. „Es tut mir leid, dass wir heute Morgen aneinandergeraten sind. Ich wusste nicht, dass ich dich hier treffen würde, sonst wäre ich nicht gekommen."

Für einen kurzen Moment sah er Schmerz in ihren dunkelbraunen Augen, bevor die Kälte zurückkehrte. Plötzlich verspürte er Schuldgefühle. Er hatte sie niemals verletzen wollen. „Ich glaube, ich gehe jetzt lieber, meine Damen. Es tut mir leid, wenn ich Sie gestört habe." Er sah jeder von ihnen in die Augen. „In Zukunft werde ich dieses Waisenhaus meiden. Entschuldigung noch einmal."

Michael ging in Richtung Tür. Der Ärger, den er Annika gegenüber empfunden hatte, war größtenteils verraucht und hatte die Erinnerung daran zurückgelassen, was sie einmal miteinander verbunden hatte. Zum ersten Mal fiel ihm auf, dass er Annika vermisst hatte. Er hatte natürlich in den letzten Jahren ab und zu an sie gedacht – daran, ob sie endlich ihre seltsamen Überzeugungen aufgegeben hatte –, aber ihm war nie bewusst gewesen, dass er vielleicht sogar ein bisschen Sehnsucht nach ihr hatte.

„Warte!" Annikas Stimme war leise und zögernd.

Er drehte sich zu ihr um. Sie kaute auf ihrer Unterlippe und unterschiedliche Gefühle schienen in ihr miteinander zu ringen. Sie suchte nach den richtigen Worten und er musste gegen das Gefühl ankämpfen, sie einfach in die Arme zu schließen. Ihre seidige Haut war leicht gerötet, Löckchen ihres dunkelbraunen Haares umspielten ihr Gesicht.

„Geh bitte nicht –" Annika brach ab.

Wie sehr wünschte er sich, die Zeit zurückdrehen zu können.

„Was ich meine, ist, dass wir beide erwachsen sind. Wir können hier zusammenarbeiten, ohne uns in die Quere zu kommen. Hier gibt es mehr als genug zu tun." Sie kam lächelnd auf ihn zu und streckte ihm die Hand entgegen.

„Friede? Zumindest, wenn wir hier sind?"

Ihre Berührung war warm. Wie sehr er sie vermisst hatte.

„Einverstanden." Seine Stimme verriet ihn. Er hörte sich heiser und fast zärtlich an. Was war nur los mit ihm? Er war ein professioneller Anwalt, der durch den Tonfall und die Stimme seiner Mitmenschen herausfand, was sie vorhatten, ob sie logen oder die Wahrheit sagten. Wie konnte er so undiszipliniert sein?

„Es ist meine Schuld, dass meine Freundinnen sich in deiner Gegenwart unwohl fühlen. Sie sind alle wirklich nett."

„Ich bin sicher, du hast recht", erwiderte Michael.

„Ja, bitte nehmen Sie unsere Entschuldigung an, Mr Truesdale", bekräftigte Mrs Dillinger und lächelte ihn zum ersten Mal an.

„Wir waren wirklich abweisend zu Ihnen", gab Miss MacMillan zu. „Normalerweise heißen wir freiwillige Helfer mit offenen Armen willkommen."

„Wir versuchen zu vergessen, dass Sie der Mann sind, der Annikas Herz gebrochen hat, wenn Sie unser Benehmen vergessen", fügte Miss Daly hinzu.

Annikas Herz gebrochen? Er sah sie an. Ihre Wangen waren knallrot und sie hatte den Kopf gesenkt. Was war er für ein Narr gewesen. Er hatte nicht gemerkt, was er ihr, aber auch sich selbst, angetan hatte. Vielleicht hatte Gott sie hier zusammengeführt. Vielleicht wollte er …

Er räusperte sich. „Also zurück zu den Bohnen."

Annika lächelte. „Danke", flüsterte sie und legte ihre Hand auf seinen Arm.

Ihre Augen funkelten und Michaels Herz machte einen Satz. Gefühle, die er lange begraben geglaubt hatte, überkamen ihn. Er schüttelte den Kopf, um ihn freizubekommen. Er war hier, um einen Rechtsstreit zu gewinnen. Er war Annikas Gegner. Er durfte sich nicht von ihr bezirzen lassen und musste einen klaren Kopf behalten.

Am Abend saß Annika im Schaukelstuhl auf der Veranda der Pension und beobachtete, wie sich der Himmel langsam in ein wunderschönes Dunkelrot färbte. Mittlerweile bezweifelte sie, dass es richtig gewesen war, Michael gegenüber so freundlich zu sein. Heute war er ihr Freund, aber sie durfte nicht vergessen, dass er gegen sie und ihre Prinzipien war. Er war der einzige Mann gewesen, den sie jemals geliebt hatte, aber auch der einzige Mensch, dem sie jemals so sehr misstraut hatte.

Elaine setzte sich in den Schaukelstuhl neben ihr. „Du siehst aus, als seist du in Gedanken sehr weit weg. Es war ein anstrengender Tag für dich, nicht wahr?"

Annika seufzte und nickte. „Michael verwirrt mich." Sie blickte vor sich in. „Ich bin mit dem Gedanken aufgewachsen, dass ich etwas verändern will. Als ich noch ein kleines Mädchen war, sagte mein Vater immer, dass man mit seinen Überzeugungen und seinem Verhalten die Welt verändern könne. Deshalb ist er Richter geworden. Er wollte, dass die Welt ein besserer Ort wird. Und deshalb bin ich Anwältin geworden."

Elaine fühlte mit Annika. „Du bist etwas Besonderes. Stell dir vor, wir hätten dich nicht im Waisenhaus. Mit deiner Anwesenheit dort veränderst du so viel. Und mit deinem Beruf schaffst du es, dass Menschen zu ihrem Recht kommen. Du hilfst so vielen und bist ein Segen. Du kümmerst dich um alle – Männer, Frauen und Kinder."

„Na ja, wahrscheinlich kümmere ich mich eher um Frauen und Kinder. Männer können selbst auf sich und ihre Familien aufpassen, aber unsere Gesellschaft macht es unverheirateten Frauen sehr schwer. Das finde ich ungerecht." Annika stand auf und ging langsam über die Veranda.

„Findest du es falsch, dass ich so vehement dafür kämpfe, dass es Frauen und Kindern besser geht?" Sie lehnte sich gegen das Geländer und sah Elaine an. „Ich glaube, ich habe ein gutes Mittelmaß zwischen meinem Glauben und meinen Überzeugungen gefunden. Aber manchmal zweifle ich auch daran. Ich meine, ich liebe Gott und will tun, was er von mir verlangt, aber bei Michael ist das doch genauso. Seine Beziehung zu Gott ist ihm wichtiger als alles andere." Annika blickte eine Weile gedankenverloren in die Weite, dann fuhr sie fort: „Wie können zwei Menschen den gleichen Gott lieben und doch so verschiedene Ansichten haben? Wer von uns beiden hat nur unrecht?"

„Ich weiß es nicht, Annika." Elaine erhob sich. „Vielleicht habt ihr beide recht und unrecht. Das erste Gebot ist, Gott zu lieben, das zweite, die Mitmenschen zu lieben. Liebst du Michael?" Elaine zuckte die Achseln. „Er scheint ein Mann mit festen Überzeugungen zu sein. Und du bist eine Frau mit ebenso festen Prinzipien."

Annika nickte. „Ich weiß. Wir werden wahrscheinlich niemals einer Meinung sein." Ihr Tonfall klang resigniert. „Jetzt weißt du, warum es mit uns nicht funktioniert hat."

„Ich sehe nur, wie du dich davon zu überzeugen versuchst, dass ihr vor unüberwindbaren Problemen steht. Und ich sehe, dass ihr immer noch starke Gefühle füreinander habt. Du liebst ihn immer noch", sagte Elaine bestimmt.

„Wie kann ich denn einen Mann lieben, der mich zur Weißglut bringt? Der meine Überzeugungen nicht akzeptiert? Der das letzte Jahr des Jurastudiums damit verbracht hat, mir Steine in den Weg zu legen, wann immer es ging? Nein, ich habe ihn früher geliebt, aber die Zeiten sind vorbei."

„Die Zeiten mögen vorbei sein, aber die Erinnerungen daran sind noch da – bei euch beiden. Ich war doch heute Morgen da und habe eure Blicke gesehen."

Auch Annika konnte ihre Gefühle bei der zweiten Begegnung mit Michael nicht leugnen. Sie hatten sich gegenübergestanden, hatten sich die Hände geschüttelt und alles, was sie gewollt hatte, war, dass er seine Arme um sie legte und sie an sich zog.

Aber es würde keine Zärtlichkeit, keine Vertrautheit mehr zwischen ihnen geben. Sie würden sich vor Gericht gegenüberstehen und einer von ihnen würde verlieren. Dann würde er weggehen und sich seinem nächsten Fall zuwenden. Sie selbst würde hier zurückbleiben.

„Nein, Elaine, du irrst dich." Annika lächelte, um ihre Worte abzuschwächen. „Ich glaube, ich gehe noch kurz spazieren. Sehen wir uns morgen im Waisenhaus?"

Elaine nickte und Annika ging die Hauptstraße hinunter zum Zentrum der kleinen Stadt.

Ich habe keine Gefühle für Michael. Elaine irrt sich. Es sind nur noch Erinnerungen an unsere Vergangenheit. Eine Zeit, die vorbei ist und niemals wiederkommen wird. Ich liebe ihn nicht mehr. Ich bin erfahren genug, um mich nicht noch einmal so sehr verletzen zu lassen wie damals. Michael Truesdale bedeutet mir nichts – überhaupt nichts.

Kapitel 3

Als Annika am nächsten Morgen zu den anderen Gästen der Pension an den Frühstückstisch trat, saß Michael vor ihr.

„Sie wohnen hier?", redete sie ihn wieder förmlich an. Wenigstens in der Öffentlichkeit wollte sie genug Distanz zu ihm wahren.

Sein Nicken bestätigte ihre Befürchtungen. *Wunderbar. Er arbeitet nicht nur freiwillig im Waisenhaus, er wohnt auch noch in meiner Pension. Das wird ja immer besser.*

„Mr Truesdale, erzählen Sie doch etwas über sich", drängte Mrs Jenkins.

„Also, ich bin Anwalt und bin dienstlich hier. Aufgewachsen bin ich in Nebraska. Mein Vater war Farmer und ich habe hart gearbeitet und viel gelernt, um studieren zu können."

„Wussten Sie, dass Miss Windsor", sie lächelte Annika zu, „auch Anwältin ist?"

Annika mischte sich ein. „Ja, er weiß das, Mrs Jenkins. Wir haben zusammen studiert."

„Wirklich?" Sie schaffte es, all ihr Erstaunen in dieses eine Wort zu legen. Sie schüttelte ungläubig den Kopf. „Ja ja, die Welt ist klein."

Und sie wird immer kleiner.

„Was hat Sie zu uns geführt, Mr Truesdale?" Mrs Jenkins lächelte Annika auffällig an.

„Sie haben recht, Mrs Jenkins. Ich bin der Grund, warum Mr Truesdale hier ist. Er schleift mich vor Gericht, um den rechtmäßigen Erwerb des Landes meiner Mandantinnen anzufechten." Annikas Augen forderten Michael heraus, es zu leugnen.

„Ach du meine Güte", brachte Mrs Jenkins hervor und fächelte sich Luft zu. „Ach du meine Güte", wiederholte sie noch einmal fassungslos.

Der Rest des Frühstücks verlief sehr schweigsam.

Etwa eine Stunde später ging Annika die Hauptstraße entlang. Immerhin hatte sie es geschafft, wieder eine Barriere zwischen sich und Michael aufzubauen. Sie konnte es sich nicht leisten, mit ihm befreundet zu sein.

„Ich dachte, wir hätten uns auf einen Waffenstillstand geeinigt?", rief Michael plötzlich hinter ihr.

Sie drehte sich um und wartete darauf, dass er sie einholte.

„Nur im Waisenhaus", entgegnete sie ihm.

„Ach, und sonst bin ich Freiwild?" Sein Gesicht war entspannt, sein Lächeln aufrichtig und ihr wurde es warm ums Herz.

Annika erwiderte sein Lächeln nur. Er sollte nicht an ihrer Stimme erkennen, in was für einem inneren Aufruhr sie sich befand. Dann hatte sie sich wieder gefangen. „Sie sind hier, um vor Gericht gegen mich vorzugehen, Mr Truesdale, und meinen Mandanten ihren rechtmäßigen Besitz streitig zu machen."

An seinen Augen konnte Annika erkennen, dass er das bedauerte. „Ich wünschte, wir hätten uns unter anderen Umständen wiedergetroffen, Annika." Er sprach ihren Namen mit viel Gefühl aus. „Aber ich wurde nun einmal von meinen Mandanten engagiert."

„Genau wie ich", erinnerte sie ihn. „Das macht es uns unmöglich, jemals miteinander befreundet zu sein."

„Unmöglich?", fragte Michael erstaunt. „Bist du denn nicht mit anderen Anwälten befreundet?"

„Michael, wir haben unsere Freundschaft vor einem Jahrzehnt beendet, weil wir nach der Frauenrechtsdemonstration nicht mehr miteinander gesprochen haben. Viel mehr hast du nicht mehr mit mir gesprochen. Du warst mein Gegner, hast gegen alles, was ich organisiert habe, intrigiert. Nein, wir können nicht befreundet sein."

„Es tut mir ehrlich leid. Ich hatte unrecht – nicht, was die Rechte der Frauen angeht, sondern damit, wie ich unsere Beziehung beendet habe."

Sie wollte diese Unterhaltung so schnell wie möglich beenden.

Warum war er jetzt gerade überhaupt hier? „Verfolgst du mich? Zuerst das Waisenhaus, dann *meine* Pension und jetzt hier mitten auf der Straße."

Er lachte – sein unverkennbares warmes und herzliches Lachen. „Nein, ich verfolge dich nicht. Obwohl es schon ein seltsamer Zufall ist, dass wir uns überall treffen. Ich bin auf dem Weg zu einem Scheunenbau."

Sie blieb stehen und sah ihn misstrauisch an. „Warum?"

„Ich bringe mich gerne in eine Gemeinde ein, während ich dort berufliche Dinge zu erledigen habe. Unser Gerichtstermin ist erst in einigen Wochen und ich bin schon fertig mit der Vorbereitung, also kann ich bis dahin auch etwas Vernünftiges tun. Sag nicht, dass du auch dahin unterwegs bist!" Er hob die rechte Augenbraue auf seine ganz spezielle Art und Weise.

„Ja, also, nein, nicht direkt." Sie machte sich wieder auf den Weg die Hauptstraße hinab. „Ich habe versprochen, auf die Kinder aufzupassen, während die Männer arbeiten und die Frauen kochen. Wie hast du überhaupt von dieser Sache erfahren?"

„Durch Etta." Er sagte ihren Namen, als kenne er die Frau schon seit vielen Jahren. „Ich war gestern bei ihr im Café und sie erzählte mir, dass ihr Sohn neulich geheiratet hat. Ihr Mann hat seinem Sohn wohl ein Stück Land geschenkt, auf dem er seine Scheune bauen kann. Etta hat mich dazu eingeladen und mir leckere Hausmannskost versprochen, falls ich helfe."

„Und da bist du." Sie schüttelte ungläubig ihren Kopf.

„Ja."

Sie hatten den Rand der kleinen Stadt erreicht und gingen den staubigen Weg weiter in die Wüste hinein. Viele Stadtbewohner gingen an ihnen vorbei und grüßten Annika.

„Wie weit müssen wir gehen?", fragte Michael.

„Hinter diesem Stall da vorne sind es noch gut eineinhalb Kilometer."

„Es überrascht mich, dass du läufst."

„Ja, mich auch", gab Annika zu. *Ich wollte meinen Kopf freibekommen. Frei von dir!*

„Es ist kaum zu glauben, dass es schon September ist. Kühlt es hier denn nicht ab?"

„Oh, es ist schon kühler – zumindest kühler als im Juli und August."

„Wie lange bist du denn schon hier?", fragte er nach einigen Momenten des Schweigens.

„Fast fünf Jahre."

„Und was hat dich hierher verschlagen?", wollte Michael wissen.

„Die Bitten der Frauen und Kinder, die hier im Westen leben. Viele von ihnen haben ihre Ehemänner und Väter durch Indianer oder Schießereien verloren und wissen jetzt nicht, wie sie über die Runden kommen sollen. Viele müssen widerwärtige und niedere Arbeiten annehmen, um etwas Anständiges zu essen auf den Tisch zu bringen."

Zum ersten Mal bekam Michael einen Eindruck davon, was Annikas Traum war, wofür sie sich hier einsetzte. Sie hatte ein Herz für die Unterdrückten und Ausgebeuteten. Trotz ihrer seltsamen Ansichten hatte sie ein Herz aus Gold.

„Viele Frauen, die Land gekauft haben, sind Witwen und brauchen es, um zu überleben. Einige sind auch im Waisenhaus aufgewachsen und haben hart für die Erfüllung dieses Traums gearbeitet. India und ihr Mann Joshua bringen ihnen bei, wie man eine Farm führt. Ich habe Teams gebildet, die Häuser, Scheunen und Zäune bauen."

„Das hört sich an, als hättest du an alles gedacht." Plötzlich war es ihm nicht mehr wichtig, diesen Rechtsstreit zu gewinnen. „Annika, wenn die Männer nicht mich engagiert hätten, hätten sie sich einen anderen Anwalt genommen."

Sie seufzte. „Ich weiß, aber ich habe gehört, dass du der beste sein sollst."

Er winkte ab. „Glaub nicht alles, was du hörst. Erzähl mir doch ein bisschen über das Leben hier in der Wüste und die verschiedenen Kakteen."

Annika grinste schief. „Als ich hierher zog, habe ich an Cactus Corner alles gehasst außer die Menschen. Ich hasste die langen, heißen Sommer, aber dann wurde mir klar, dass es dafür auch keine trübsinnigen Winter gibt. Also ist das Wetter hier sechs Monate lang wunderschön."

Sie deutete auf verschiedene Kakteen und erklärte: „Die großen, die ihre Arme gen Himmel strecken, sind Saguaros oder botanisch Carnegiea gigantea. Die runden, die aussehen wie lauter aneinandergesteckte Paddelköpfe, heißen Opuntien. Und das da hinten sind Cylindropuntia. Im Juni fangen die Kakteen an zu blühen. Das ist wirklich wunderschön."

Michael merkte, dass sie eine Schönheit sah, die er erst noch entdecken musste. Für ihn war alles braun und unwirtlich.

„Wir sind da", sagte Annika schließlich und zeigte auf eine Menschenmasse in einiger Entfernung.

In Michaels Kopf schwirrten die Gedanken wild durcheinander. Eigentlich sollte er es nicht tun, aber er sagte trotzdem zu Annika: „Vielen Dank für den schönen Spaziergang. Wollen wir heute Abend vielleicht gemeinsam zurückgehen?"

Annika schien die gleichen Bedenken zu haben, denn sie zögerte. „Ich denke nicht, dass —"

Er legte seinen Finger sanft auf ihre Lippen und sagte: „Schhh. Denk nicht darüber nach, sag einfach Ja."

Annika sah ihn unsicher an. Ihr Atem streifte seinen Finger, der immer noch auf ihren Lippen lag. Wenn er ihr in die Augen sah, konnte er sich darin verlieren. Er wünschte sich, er könnte sie küssen. Es war zu lange her seit dem letzten Mal.

„Ich kann nicht." Sie wich einige Schritte zurück. „Es tut mir leid." Sie rannte fast in Richtung der Menschenmenge und ließ ihn verwirrt stehen.

„Was mache ich hier nur?" Er fuhr sich hastig mit der Hand durch die Haare, atmete tief ein und ging Annika hinterher.

„Was war das denn gerade?", fragte Elaine zwinkernd.

Annikas Gesicht wurde rosig. „Hast du es etwa gesehen?" Sie legte ihre Hände auf die heißen Wangen.

„Wir drei haben es gesehen, ja", erklärte Jody.

„Was ist denn los?", fragte India.

„Ich bin so durcheinander." Annika schüttelte den Kopf und setzte sich auf eine Holzbank. „Irgendwie verschwimmen Vergangenheit und Gegenwart und ich weiß nicht, ob meine Gefühle echt sind oder nur Überbleibsel von damals."

Sie stand entschlossen auf. „Egal, ich darf mich nicht darauf einlassen. Er ist immer noch mein Gegner. Lasst uns lieber an die Arbeit gehen." Sie lächelte ihre Freundinnen an. „Kocht ihr oder passt ihr auf die Kinder auf?"

Jody und India kochten, also ging Annika zusammen mit Elaine in den Schatten eines Baumes und schlug vor: „Lass uns die Kinder hier versammeln, dann können wir mit ihnen spielen."

Elaine lächelte. „Ja, ich hole die Kinder."

Während Annika wartete, ließ sie ihren Blick zu den Männern schweifen, die schon mit der Arbeit begonnen hatten. Michael zog ihren Blick sofort auf sich und ihr Herz zog sich zusammen. *Warum passiert mir das nur?* Auch wenn sie versuchte, sie zu ignorieren, waren ihre Gefühle für Michael doch real.

Der Morgen ging schnell vorüber. Annika und Elaine spielten und sangen mit den Kindern. Einige Male merkte Annika, dass Michael sie beobachtete. Zur Mittagszeit gingen die Kinder zu ihren Eltern. Elaine und Annika gesellten sich zu India und Jody, die auf einer Decke saßen. Annika hatte Michael zum Glück aus den Augen verloren und hoffte, dass sie ihn heute nicht mehr wiedersehen müsste.

Aber natürlich wurde ihr dieser Wunsch nicht erfüllt. Joshua kam zu ihnen und hatte Michael im Schlepptau. Nachdem er India auf die Wange geküsst hatte, wandte er sich an Annika. „Ich habe heute Mr Truesdale kennengelernt und mich stundenlang mit ihm darüber unterhalten, was besser ist, die Juristerei oder die Landwirtschaft. Ich muss ihn noch davon überzeugen, dass die Landwirtschaft viel befriedigender ist, als er sich vorstellen kann. Ihr kennt ihn alle schon?"

Die vier nickten und antworteten: „Ja."

Joshua ließ sich neben seiner Frau nieder. „Setzen Sie sich doch auch zu uns. Neben Annika ist noch Platz genug." Er zeigte auf den leeren Platz neben Annika.

Michael setzte sich neben sie. An seinem Gesicht konnte Annika erkennen, dass er sich innerlich bei ihr entschuldigte. „Macht es dir etwas aus? Ich kann mich auch woanders hinsetzen."

„Nein, ist schon in Ordnung." Ihr Lächeln fühlte sich gezwungen an.

„Er hatte einige Angebote von anderen Frauen", lachte Joshua, „aber komischerweise hat er die alle ausgeschlagen und wollte sich lieber zu *mir* setzen." Joshua grinste breit.

Diese Tatsache machte Annika mehr aus, als ihr lieb war. Andere Frauen hatten mit ihm essen wollen? Aber genauso unwohl war ihr bei dem Gedanken daran, dass sie nun neben ihm sitzen musste.

„Und, wie geht es dem Richter?", fragte Michael und biss in ein Buttermilchplätzchen.

„Meinem Vater geht es gut, danke", versicherte Annika ihm. Sie zögerte, mehr zu sagen, aber schließlich fuhr sie fort: „Er beschäftigt sich intensiv mit den Diskussionen, die im Moment im Gange sind. Ich meine, dass seit ein paar Jahren immer wieder ökonomische, politische, soziale und auch moralische Reformen gefordert werden. Und vor allem geht es auch um das Frauenwahlrecht." Annika warf einen kurzen Seitenblick auf Michael. Dann sprach sie erregt weiter: „In den letzten vier Jahren hatten sogar Frauen die Möglichkeit, ihre Meinung zur amerikanischen Politik zu sagen. Das ist ein Meilenstein in der Gleichberechtigung von Mann und Frau. Ich glaube, sehr bald wird jede von uns das Recht und die Verantwortung haben zu wählen." In Annikas Stimme lag eine große Leidenschaft.

„Ein hart erkämpftes Recht", warf Elaine ein.

„Ja, aber wir haben große Fortschritte gemacht. Das verdanken wir Männern wie meinem Vater, der sich nicht davor fürchtet, dass

Frauen ihre Meinung sagen." Wieder warf Annika Michael einen Blick zu, aber er schien in Gedanken versunken zu sein. „Wusstet ihr, dass Colorado letztes Jahr als erster Staat das allgemeine Wahlrecht eingeführt hat? Auch Frauen dürfen wählen."

„Wirklich? Das wusste ich nicht." Jody war erstaunt.

„Wir sind nah dran. Ich weiß es." Annika lachte. „Es tut mit leid, aber ihr wisst, wie sehr mir dieses Thema am Herzen liegt."

Sie stimmten alle in ihr Lachen ein. Michael lächelte in ihre Richtung, aber in Gedanken schien er immer noch weit weg zu sein. Anschließend unterhielten sie sich über die Landwirtschaft. Annika sah immer wieder verstohlen zu Michael hinüber. Anscheinend hatte sie Erfolg damit gehabt, eine Distanz zwischen ihnen aufzubauen, aber war es wirklich das, was sie wollte?

Am Abend fuhr Annika mit Joshua und ihren Freundinnen nach Hause. Sie sah Michael nicht mehr und war froh darüber. Zumindest versuchte sie, sich das einzureden.

Am nächsten Morgen im Sonntagsgottesdienst sah sie sich ab und zu verstohlen nach Michael um, der in einer der hinteren Bänke saß. Nach dem Gottesdienst verschwand er sofort, als das letzte Amen verklungen war. Sie sollte froh darüber sein, dass er auf Distanz gegangen war, aber stattdessen vermisste sie ihn.

Annika fühlte sich die ganze nächste Woche über niedergeschlagen und ruhelos.

Kapitel 4

Heute würde Michael Annika zum ersten Mal seit zwei Wochen sehen. Er hatte sie gemieden, weil ihm klar geworden war, dass ihrer beider Überzeugungen niemals zusammenpassen würden. Sie war immer noch eine Frauenrechtlerin und er war damit nie einverstanden gewesen. Wie hatte er das vergessen können? Er hatte sich vorgenommen, nicht mehr über Annika nachzudenken. Und hier saß er nun und tat genau das.

Als er sich auf den Weg zum Bahnhof machte, um zum Gericht zu fahren, ging gerade die Sonne auf. Normalerweise gab ihm dieser Anblick ein Gefühl der Erwartung, aber heute fühlte er sich nicht gut. Annika würde sicher den gleichen Zug nehmen. Michael stellte sich auf eine unangenehme Fahrt nach Tucson ein. Vier lange Stunden mit Annika könnten ihn vergessen machen, warum er unterwegs war und dass sie seine Gegnerin war.

Er wusste, dass er vor Gericht einen Nachteil haben würde, wenn seine Gedanken nicht bei der Sache waren, aber anstatt sich zu konzentrieren, dachte er über eine mögliche Zukunft mit Annika nach. Wie konnten sie ihre Differenzen ausräumen? Michael betete dafür, dass Gott Annikas Einstellung verändern möge und dass sie die Wahrheit erkennen konnte. Sie musste ihre wirren Ideen, die Gleichberechtigung der Frau betreffend, aufgeben.

Schon von Weitem konnte Michael Annika an der Station sehen. Sie saß auf einer Bank, neben sich eine Ledertasche, und schien in einige Akten vertieft zu sein. Er ging zögernd auf die Bank zu und sagte: „Guten Morgen, Annika."

Sie blickte kurz auf und nickte ihm zu. „Michael." Dann wandte sie sich wieder ihren Akten zu.

Nach einer Weile des Schweigens fuhr der Zug ein. Nur ein Personenwaggon war angehängt. „Es scheint so, als wolle außer uns keiner so früh nach Tucson", bemerkte Michael.

„Scheint so", antwortete Annika knapp. Sie setzte sich in die Mitte des Zugabteils und vertiefte sich erneut in ihre Akten. Sie mussten unwahrscheinlich interessant sein. Oder Annika versuchte, Michael zu ignorieren.

Ihre Reise verlief sehr ruhig. Es stieg kaum jemand zu. Meist waren sie allein. Obwohl Michael sich wünschte, er könnte Annika vergessen, war er sich doch die ganze Zeit ihrer Anwesenheit bewusst. Er roch sogar ihr Parfum, ein leichter Duft nach Rosenwasser. Immer wieder musste er sie anschauen, er konnte nicht anders. Ihre hohen Wangen waren leicht gerötet, ihre Haare schimmerten im Spiel von Licht und Schatten und ihre Lippen bewegten sich, während sie auf das Blatt vor sich starrte.

Herr im Himmel, ich liebe diese Frau. Ich glaube, ich habe sie immer geliebt. Bitte verändere ihr Herz. Hilf ihr, die Wahrheit zu erkennen!

Als sie in Tucson ankamen, war Michael von der Größe und dem Erscheinungsbild der Stadt überrascht. Er hätte Annika gerne einige Fragen gestellt, war sich aber nicht sicher, wie er ein Gespräch mit ihr beginnen sollte. Beim Aussteigen reichte er ihr zwar die Hand, weil es die Etikette so verlangte, aber sie sah ihn nicht an. Sein Herz allerdings schlug schneller, als sie ihm so nah war.

Er winkte einen Einspänner heran, der sie zum Gerichtsgebäude bringen sollte. Dort stieg er wieder zuerst aus und reichte Annika die Hand, um ihr behilflich zu sein. Durch das Gedränge am Straßenrand wurden sie eng aneinandergedrückt. Michael nahm es fast den Atem und die Spannung zwischen ihnen wurde immer größer. Annika sah ihm jetzt direkt in die Augen. Er musste etwas sagen, um die Situation zu entspannen.

„Ich bin überrascht darüber, wie lebhaft es hier zugeht und wie groß die Stadt ist. Ich hatte eine kleine Grenzstadt erwartet."

„Nein, Tucson ist schon seit zehn Jahren keine Grenzstadt mehr. Hier hat sich einiges geändert." Annika zog ihr dunkelbraunes Kleid zurecht und ging auf den Eingang des Gerichtsgebäudes zu. Michael folgte ihr. Sie betraten das Gebäude. Hier war auch das Büro des Sheriffs.

Sie gingen durch eine Halle und zur Tür des Gerichtssaales. Richter Joseph Daniel Bethune war erst kürzlich ernannt worden und würde ihrem Fall vorsitzen. Als sie den Saal betraten, waren schon zahlreiche Frauen anwesend, die es sich auf den Zuschauersitzen bequem gemacht hatten. Das überraschte Michael. Er hatte sie unterschätzt. Er mochte der Experte für Grundbesitzstreitigkeiten sein, aber sie wusste mit der emotionalen Seite dieses Falles umzugehen. Sie versuchte, den Richter mit dem Anblick der potenziellen „Opfer" auf ihre Seite zu ziehen.

Annika nahm auf der einen Seite des Raumes Platz, Michael auf der anderen. Der Platz zwischen ihnen war eine bildliche Erinnerung daran, dass sie jetzt Gegner waren.

Alle im Gerichtssaal erhoben sich, als der Richter den Raum betrat. Seine schwarze Robe flatterte hinter ihm, als er schnellen Schrittes zu seinem Platz ging. Michael sah die Überraschung in den Augen des Richters, als er die vielen Frauen versammelt sah.

Nachdem er das Gemurmel im Gerichtssaal zum Schweigen gebracht hatte, erklärte der Richter, dass man zuerst Michael anhören würde, da er ja Berufung eingelegt hatte. Annika würde also die Möglichkeit haben, auf seine Äußerungen einzugehen. Michael verbrachte die nächsten zwei Stunden damit zu erklären, warum die Dokumente, die Miss Windsor entworfen hatte, so nicht akzeptiert werden konnten. Er unterstützte seine Ansichten durch Präzedenzfälle.

Er war lange genug Anwalt, um zu erkennen, dass der Richter auf seiner Seite war. Die Argumente hatten ihn überzeugt. Wenn Annika kein Wunder vollbrachte, würde der Richter für ihn entscheiden. Gott sei Dank saß hier ein Mann, den ein Gerichtssaal voller Frauen nicht einschüchterte.

Michael fühlte sich sehr gut, weil der Morgen für ihn so positiv verlaufen war – jedenfalls bis er zu Annika sah und in ihren Augen lesen konnte, dass sie wusste, dass der Richter auf seiner Seite war.

Kummer machte sich in ihm breit. Heute Nachmittag wäre der Prozess vorbei und dann würde er Cactus Corner bald verlassen – ohne Annika.

„Wir machen eine Pause und setzen die Verhandlung um 14 Uhr fort", verkündete Richter Bethune.

Nach der Ankündigung des Richters ging Michael sofort zu Annika hinüber. Er wollte noch ein bisschen Zeit mit ihr verbringen.

Michael ging auf sie zu, während Annika nur schnell zur Tür hinaus wollte. Aber anstatt wegzulaufen wie ein kleines Kind, hob sie ihr Kinn und streckte ihre Schultern. Sie würde nicht klein beigeben.

In seinen Augen sah sie Mitleid. Das konnte doch nicht wahr sein. Dachte er, er hätte schon gewonnen? Sie musste sich dazu zwingen, ruhig zu bleiben.

„Würdest du mit mir essen gehen?"

Seine Frage verwirrte sie. „Du willst mit mir essen gehen?"

Michael nickte.

„Wir sind Gegner", erinnerte sie ihn.

„Ein persönliches Essen, kein berufliches. Wir sind nur alte Freunde, die sich wiedertreffen." Er lächelte. Sein Tonfall verriet, wie gerne er Zeit mit ihr verbringen wollte, und gegen ihre Überzeugung nickte sie. Als er ihren Arm nahm und sie aus dem Gerichtssaal führte, spürte sie einige überraschte Blicke auf sich ruhen. Sie wusste, dass ihr Verhalten töricht war.

Sie gingen zu einem kleinen Café in der Nähe des Gerichtes. Annikas Herz schlug mit jedem Moment in Michaels Gegenwart schneller. *Was mache ich hier nur? Ich gehe mit meinem Gegner essen.* Aber ihr Herz wollte noch einige ungestörte Momente mit Michael verbringen, bevor dieser Fall vorüber war – egal, wie er enden mochte.

Michael zog ihren Stuhl zurück und ließ sie sich setzen. Er lächelte sie an und in ihrem Magen flatterten plötzlich Schmetterlinge.

„Danke, dass du mir Gesellschaft leistest. Ich möchte mich für mein Verhalten in Chicago entschuldigen."

Ihre Augen weiteten sich vor Verwunderung und sie sah ihn fragend an.

„Kannst du mir verzeihen, Annika?"

Sie war unfähig zu sprechen. Michael sah ein, dass er damals falsch reagiert hatte? Das war fast wie ein Wunder. Annika konnte nur nicken.

„Danke." Er nahm ihre Hand in seine und drückte sie leicht. „Jetzt lass uns ein leckeres Essen genießen, dann können wir beide uns in besserer Erinnerung behalten als das letzte Mal." Er lächelte warmherzig.

Nachdem Michael ihr Essen bestellt hatte, fragte er Annika, ob sie ihm seine Fragen über Tucson beantworten könnte.

Froh über die Unverfänglichkeit des Themas, lehnte sie sich zurück und fing an, ihm alles zu erklären, was er wissen wollte. „Bis 1853 gehörte Tucson zu Mexiko. Man kann sagen, dass die Mexikaner hier die Grenze nicht überquert haben, sondern dass die Grenze sich zurückgezogen hat. Unglaublich, nicht wahr?"

Man brachte ihnen ihr Mittagessen und Annika erzählte weiter. Ab und zu unterbrach sie sich, um ihr Essen nicht kalt werden zu lassen, aber sie kam immer mehr in Fahrt. Michael lächelte sie interessiert an und stellte immer wieder Zwischenfragen. Endlich sagte sie: „So, genug jetzt. Du bist dran. Ich will die Reste meines Essens wenigstens noch lauwarm genießen. Wo lebst du jetzt?"

Während Annika ihr Mittagessen beendete, gab Michael ihr einen Überblick über seine momentane Situation und darüber, was er in den letzten zehn Jahren getan hatte. Die Einsamkeit, die in seiner Geschichte mitschwang, entging Annika nicht. Sein Ruhm und seine Anerkennung in der Fachwelt waren enorm, aber sie hatten ihn einen hohen Preis gekostet. Er hatte kein Zuhause, keine Familie – niemanden, nirgendwo.

Kapitel 5

Den Weg zurück zum Gerichtssaal legten Annika und Michael in einvernehmlichem Schweigen zurück. Michael vermutete, dass Annika sich auf ihr Plädoyer vor Gericht vorbereitete. Als sie schließlich vor dem Gerichtsgebäude ankamen, war sie wieder ganz die Anwältin.

Die gleiche Szene wie am Morgen wiederholte sich und der Richter musste erst für Ruhe im Gerichtssaal sorgen. Dann sagte er laut und vernehmlich: „Miss Windsor, Sie können anfangen."

Annika stand auf und ergriff das Wort. „Vielen Dank, Euer Ehren. Darf ich Ihnen Miss Katie Wells vorstellen? Sie wuchs im Waisenhaus in Cactus Corner auf, nachdem ihre Eltern bei einem Indianerüberfall getötet wurden. Seit vier Jahren arbeitet sie als Wäscherin im ortsansässigen Hotel und spart jeden Cent, den sie erübrigen kann, um sich ihren großen Traum zu erfüllen – den Traum, sich irgendwann ein Stück Land kaufen zu können, auf dem sie unabhängig leben kann. Diesen Traum übernahm sie von ihrem Vater."

Michael warf einen Blick auf das Mädchen, das in jungen Jahren schon so viel durchgemacht hatte. Das abgewetzte Kleid und die rissigen Hände bestätigten Annikas Worte eindrücklich.

Als Nächste stellte Annika dem Richter Mrs Hector Gonzalez vor. Die Witwe war eine dickliche alte Frau mit traurigen Augen. „Euer Ehren, Mrs Gonzales kam über eine Partnervermittlungsagentur aus dem Osten ins Arizonaterritorium, um Mr Gonzalez zu ehelichen. Nur wenige Wochen, nachdem sie angekommen war, wurde ihr Ehemann krank. Vor drei Monaten starb er. Seine Verwandten wollen Mrs Gonzales nicht länger auf ihrem Grund und

Boden haben. Die einzige Möglichkeit, sich selbst zu ernähren, besteht darin, ein Stück Land zu bewirtschaften."

Annika zitierte keine Präzedenzfälle, sondern präsentierte dem Richter reale Menschen mit ihren ganz individuellen Bedürfnissen. Mit jedem menschlichen Schicksal, das er zu hören bekam, wurde Michaels Herz ein bisschen weicher und er fühlte mit diesen Frauen. Annika übte ihren Beruf ganz anders aus als er selbst. Sie kümmerte sich auch um die menschliche Seite. Er beschäftigte sich nur mit Gesetzen und Statuten. Michaels Respekt ihr gegenüber wuchs. Sie interessierte sich wirklich für die Menschen, die hinter diesem Fall standen. Er selbst kannte die meisten Männer, die er hier gerade vertrat, nicht einmal und wusste auch nicht, warum sie das Land für sich beanspruchten.

Als Annika dem Richter noch einige andere Frauen vorstellte, wurde Michael klar, dass sie sich weder für sich noch für ihre Freundinnen einen Vorteil aus dieser Verhandlung erhoffte. Sie wollte nur den Frauen helfen, die wirklich mittellos waren und denen man unter die Arme greifen musste.

Schließlich unterbrach der Richter Annika. „Miss Windsor, ich habe mittlerweile genug traurige Lebensgeschichten gehört. Legen Sie jetzt bitte den Fall dar." Sein Tonfall ließ keinen Widerspruch zu.

„Natürlich, Euer Ehren. Es tut mir leid. Ich hatte gehofft, dass ich dem Gericht die Bedürfnisse der Frauen deutlich machen kann, über deren Existenzgrundlage Sie heute urteilen werden. Mr Truesdale hat mir in gewissem Sinne unterstellt, dass ich mich aus einer Laune heraus dazu entschlossen habe, eine Gruppe von Frauen dazu zu bringen, das Land an sich zu reißen und es den Männern des Territoriums zu *stehlen*. Das ist mitnichten der Fall."

Bei ihren Worten stach ihm das Schuldbewusstsein ins Herz. Er beobachtete Annika stumm, während sie mit selbstbewussten Schritten den Gerichtssaal durchschritt.

„Wir haben keinen Plan geschmiedet, um das Arizonaterritorium an uns zu reißen und es zu übernehmen. Für diese Frauen ist es eine Lebensnotwendigkeit, Land zu besitzen. Ich wusste, dass der Carey

Landerlass dieses Jahr ins Gesetz aufgenommen werden würde, also informierte ich diejenigen Frauen, von denen ich wusste, dass sie davon profitieren könnten. Frauen, die keinen Ehemann oder Vater haben, der sich um sie kümmert, Frauen, die arm sind und sich nicht selbst ernähren können, Frauen, denen es nun gestattet ist, dieselben Möglichkeiten zu ergreifen wie Männer."

Frauen, die keinen Ehemann oder Vater haben, der sich um sie kümmert. Annikas Worte hallten in Michaels Kopf nach. Plötzlich wurde ihm Annikas Einsatz für die Rechte der Frauen klarer. Sie kämpfte für die „Geringsten unter ihnen", für die Jesus schon in der Bibel gekämpft hatte. Vielleicht war Annika ja keine fanatische Frauenrechtlerin, sondern einfach nur ein Mensch, der sich um soziale Gerechtigkeit bemühte. Er würde sich noch genauer mit ihr unterhalten müssen, aber vielleicht, ja, vielleicht waren ihre Ansichtsweisen doch nicht so verschieden, wie er früher gedacht hatte.

Als Annika ihr Schlussplädoyer hielt, fiel ein schweres Gewicht von Michaels Schultern. Sie hatte ihr Leben in Sicherheit und Wohlstand aufgegeben, um sich für Frauen, Kinder und sogar Indianer einzusetzen. Annika war das Leben anderer wichtig. Sie lebte ihren Glauben. Ein Gedanke schoss durch Michaels Kopf. *Vielleicht bin ich derjenige, der sich ändern muss.*

„Euer Ehren, Sie sollten diese Frauen nicht dafür bestrafen, dass sie auf dem neuesten Stand des Gesetzes geblieben sind. Die Unwissenheit über das Gesetz ist keine Entschuldigung. Und diese Männer tragen selbst Schuld daran, dass sie sich nicht informiert haben." Annika nickte entschlossen und unterstrich damit ihren letzten Satz.

Als sie zu ihrem Platz zurückging, warf sie einen Blick in Michaels Richtung. Er schenkte ihr ein ermutigendes Lächeln. Etwas Wunderbares geschah in ihm. Er hoffte inständig, dass Annika diese Verhandlung gewinnen würde. Der Richter sollte für sie entscheiden, auch wenn die Niederlage in so einem Prozess ihn seinen guten Ruf kosten würde. Er war verwirrt und überrascht zugleich über seinen Sinneswandel. Das musste Gott getan haben. Gott und die Liebe.

Der Richter ordnete eine kurze Unterbrechung an und zog sich in sein Richterzimmer zurück. Annika schloss die Augen und betete. *Herr, ich bitte nicht um meinetwillen, sondern für diese Frauen. Lass die Gerechtigkeit siegen.* Sie wusste, dass der Richter für Michael entscheiden würde, wenn Gott nicht eingriff. Sie hielt ihre Augen starr nach vorne gerichtet. Es war ihr unmöglich, sich zu den Frauen umzuwenden, die ihr ganzes Vertrauen in sie gesetzt hatten. Auch Michael konnte sie jetzt nicht in die Augen sehen.

Der Richter kam zurück in den Gerichtssaal und alle erhoben sich. Nachdem er sich gesetzt hatte, ruhten seine Augen einige Zeit auf ihr und sie wusste, was nun folgen würde. Ihr Herz fühlte sich an, als würde es bluten, und Tränen krochen langsam in ihre Augen. Sie blinzelte, um sich vor Gericht nicht zu blamieren.

„Miss Windsor, obwohl Sie einige überzeugende Punkte vorgetragen haben, muss ich in dieser Sache doch Mr Truesdale und den Männern, die er vertritt, recht geben."

Annika hörte, wie die Frauen hinter ihr empört die Luft einsogen. Sie senkte kurz ihren Kopf, um die Fassung wiederzugewinnen. Auf keinen Fall sollte Michael ihr etwas anmerken.

Der Richter fuhr fort: „Sie haben sich dazu entschlossen, ausschließlich Frauen über den Verkauf des Landes zu informieren. Die Männer dieser Region hatten somit nicht die gleichen Wettbewerbschancen. Als Vertreter des Gesetzes muss ich Sie darauf hinweisen, dass Sie alle gleichberechtigt hätten informieren müssen. Es wäre Ihre Pflicht gewesen. Ich ordne hiermit an, dass alle Landansprüche neu und gerecht aufgeteilt werden."

Annika nickte und akzeptierte so die Entscheidung des Richters. Sie setzte einen stoischen Gesichtsausdruck auf, aber innerlich schrie sie vor Enttäuschung über diese Ungerechtigkeit.

„Sie und Mr Truesdale können abwechselnd eine der dreißig Landparzellen verteilen, bis alles vergeben ist. Sie dürfen zuerst wählen."

Wie großzügig, Euer Ehren.

„Ich bin sicher, Sie werden sich vernünftig und gerecht einigen, nicht wahr?"

Nein!, wollte sie laut schreien, aber stattdessen antwortete sie leise und gefasst: „Natürlich, Euer Ehren."

„Es freut mich, das zu hören, Miss Windsor. Ich erwarte, dass diese Angelegenheit so schnell wie möglich beigelegt wird." Er schlug mit seinem Hammer auf den Tisch und fügte hinzu: „Die Sitzung ist geschlossen."

Annika ignorierte Michael und versuchte, sich auf die Frauen zu konzentrieren, die sie nun mit Fragen bestürmten. Ein heimlicher Blick in seine Richtung zeigte ihr jedoch einen stillen, nachdenklichen Mann – keinen, der einen Sieg zu feiern schien.

„Bitte gebt mir einige Tage, um die Angelegenheit zu regeln", bat Annika, als die Frauen sie immer weiter mit Fragen bombardierten, wie es jetzt weitergehen würde. „Ich weiß, dass ihr alle Fragen und Zweifel habt, aber ich brauche einige Zeit, um die Antworten zu finden."

Sie schüttelte einige Hände, umarmte weinende Frauen und verließ schließlich den Gerichtssaal. *Herr, bitte zeige mir, wie ich diesen Frauen jetzt noch helfen kann.*

Kapitel 6

Michael folgte Annika aus dem Gerichtsgebäude in den strahlenden Sonnenschein. Wie konnte er ihr nur erklären, dass es ihm leidtat, dass er gewonnen hatte? Sie würde ihm niemals glauben. Er fühlte mit ihr und all den Frauen, die seinetwegen den Prozess verloren hatten. Wie konnte er ihr nur erklären, dass ihm klar geworden war, wie falsch er sich verhalten hatte? All die Jahre hatte er unrecht gehabt. Wie konnte er das nur wiedergutmachen? Ihm wurde klar, dass er irgendetwas tun musste, um ihr zu beweisen, dass er sich ändern wollte. Da kam ihm eine Idee. Das war es. Er würde Annika helfen, eine Lösung für das Problem mit der Verteilung des Landes zu finden.

Vor ihm winkte Annika eine Kutsche zu sich heran und Michael beschloss, ihr etwas Zeit für sich zu lassen. Sie würde über alles nachdenken wollen. Außerdem wusste er, dass er die letzte Person war, mit der sie jetzt zusammen sein wollte. Er vergrub also seine Hände in den Hosentaschen und machte sich zu Fuß zum Bahnhof auf. Leider würden sie den gleichen Zug zurück nehmen müssen, wenn er nicht bis morgen warten wollte. Und das wollte er auf keinen Fall. Hoffentlich würde Annika sich auf der Fahrt beruhigen.

Annika saß schon im Zugabteil, als Michael am Bahnhof ankam. Er kaufte sich ein Ticket und stieg in den Zug. Trotz gemischter Gefühle beschloss er, sich auf den Sitz ihr schräg gegenüber zu setzen.

„Hallo", grüßte er zögerlich.

„Hallo", erwiderte Annika mit kalter Stimme und wandte das Gesicht von ihm ab.

Er fuhr langsam fort: „Du hast deinen Standpunkt wirklich sehr gut präsentiert."

Die Kälte in ihrer Stimme war nichts im Vergleich zu dem eisigen Blick, mit dem sie ihn nun durchbohrte. „Mach dich nicht über mich lustig, Michael", warnte sie ihn.

„Ich versichere dir, das tue ich nicht. Das war ein ernst gemeintes Lob. Ich finde sogar, du hättest gewinnen müssen."

„Ach, und warum hast du dann überhaupt die Gegenseite vertreten?", fragte sie schnippisch.

Er antwortete ihr ganz ehrlich. „Man hat mich für diesen Job bezahlt und ich habe mein Bestes getan, um die Wünsche meiner Klienten zu erfüllen."

„Ist das alles, was das Gesetz für dich bedeutet?", fragte Annika ungläubig. „Ist es wirklich nur ein Job, den du da tust?"

Diese Erkenntnis schien sie zu schockieren. Michael wusste, wie sehr sie dieses Land und seine Gesetze liebte. Sie hatte das schon immer getan.

„Wie kannst du nur vor Gericht Fälle aufrollen, an die du nicht glaubst, und Leute vertreten, die nicht gewinnen sollten?" Die Kälte in ihrer Stimme war etwas anderem gewichen – einem Feuer, einer Leidenschaft, die er noch von früher kannte.

„Als man mich beauftragt hat, den Fall zu übernehmen, da dachte ich, dass eine von diesen – verzeih mir – fehlgeleiteten Frauenrechtlerinnen die Macht in diesem Bezirk an sich reißen wollte. Ich hatte ja keine Ahnung, dass du hinter all dem stehst. Damals habe ich auch deine Motivation noch nicht verstanden."

„Und das tust du jetzt?", fragte sie herausfordernd.

Michael seufzte. „Mittlerweile wünschte ich, dass die Frauen, die du vertreten hast, gewonnen hätten."

„Warum?", bohrte Annika weiter.

Michael lächelte. Sie würde ihn nicht aus diesem Gespräch entlassen, bevor sie nicht sein Innerstes erforscht hatte.

„Weil ich während deines Plädoyers in dein Herz schauen konnte und erkannt habe, warum du dich für diese Frauen einsetzt." Er machte eine Pause und warf einen Blick aus dem Fenster. Schließlich fragte er: „Bist du durch deinen Vater zu den Frauenrechtlerinnen gekommen?"

Jetzt war es an Annika zu lächeln. „Nein, mein Vater ist durch mich dazu gekommen." Michael erkannte an Annikas Blick, dass ihre Gedanken in die Vergangenheit schweiften. „Schon als kleines Mädchen wollte ich Menschen helfen. Hast du schon von der Rechtszeitschrift *Chicago Legal News* gehört?"

„Natürlich. Welcher Rechtsanwalt hat das nicht?"

„Mein Vater hatte sie seit der ersten Ausgabe abonniert. Sobald ich lesen konnte, habe ich mich damit beschäftigt. Meinen Vater hat das natürlich gefreut. Ich war schon früh daran interessiert, was Myra Bradwell, die Gründerin der *Chicago Legal News*, zu sagen hatte. Vor allem im Bezug auf das Frauenwahlrecht. Ich fand es auch bewundernswert, dass sie in allem von ihrem Ehemann unterstützt wurde."

Annika legte ihren Kopf leicht zur Seite und fuhr fort: „Ich bin nicht so radikal wie einige an der Spitze der Frauenrechtsbewegung, aber ich erkenne die Dringlichkeit, dass endlich etwas geschehen muss." Sie strich den Stoff ihres Kleides glatt. „Wusstest du, dass Mrs Bradwell vor 25 Jahren ihr Studium der Rechtswissenschaft mit Auszeichnung bestanden hat und in Illinois bis 1890 trotzdem nicht als Anwältin zugelassen worden ist? Und das nur, weil sie eine Frau ist. Sie ging mit ihrer Klage gegen diese Ablehnung durch alle Instanzen bis vor den Obersten Gerichtshof, aber immer wieder sagte man ihr, dass nur Männer andere beschützen oder verteidigen könnten. Und genau da kommt meine Frage wieder ins Spiel: Was ist mit all den Frauen, die keinen Mann haben, der sie beschützt oder verteidigt?"

Enttäuschung machte sich in ihrer Stimme breit, als sie weitersprach: „Ich glaube ja auch, dass Gott in einer Ehe den Mann als Beschützer an die Seite der Frau stellt, aber es gibt eben so viele Frauen, die diesen Beschützer nicht haben. Sie müssen doch für ihr eigenes Leben Sorge tragen. Sie müssen doch Land besitzen und es verwalten dürfen. Und sie müssen entscheiden können, wer ihr Land regiert, nach wessen Regeln sie leben müssen."

Michael hatte keine Möglichkeit, etwas zu erwidern. Er konnte nur nicken und Annika fuhr fort: „Seit meine Mutter damals starb, als ich noch ein kleines Mädchen war, war Myra Bradwell die Frau, die ich am meisten bewundert habe. Sie war eine Reformerin, die ihr ganzes Herzblut in dieses Land investiert hat. Und sie hatte Erfolg damit. Wusstest du, dass die *Chicago Legal News* die meistgelesene Rechtszeitschrift des Landes ist?"

Daraufhin musste Michael lachen. „Natürlich. Ich bin Rechtsanwalt. Die *Chicago Legal News* ist Pflichtlektüre für mich. Aber sag, ist Mrs Bradwell nicht Anfang dieses Jahres gestorben?"

„Ja, leider", erwiderte Annika traurig. „Am 12. Februar. Ihre Tochter führt ihr Lebenswerk fort. Weißt du, was ihre berühmtesten Worte waren? ‚Es ist kein Verbrechen, als Frau geboren zu sein.'"

„Aber nur, weil manche Menschen das Frauenwahlrecht nicht unterstützen, heißt das doch noch lange nicht, dass man es für ein Verbrechen hält, eine Frau zu sein." Michael hatte das Gefühl, er müsse seine Position verteidigen. „Ich habe meine eigene Mutter immer in Ehren gehalten, das versichere ich dir."

„Warum bist du so sehr dagegen, dass auch Frauen zur Wahl gehen dürfen?"

Michael musste einen Moment lang nach den richtigen Worten suchen. „Ich habe immer geglaubt, der Mann wäre von Gott dazu bestimmt, das Oberhaupt der Familie zu sein."

„Und was würde die Gleichberechtigung der Frau daran ändern? Wenn sich eine Frau wirklich gegen ihren Ehemann entscheiden sollte, dann ist das eine Sache zwischen ihr und Gott. Die Gesetzgebung sollte da außen vor bleiben. Frauen, die keinen Ehemann haben, sind auf sich allein gestellt und müssen die gleichen Rechte haben wie Männer. Der Fortschritt, den das Frauenwahlrecht mit sich bringt, wird positiv sein. Wir brauchen Fortschritt, um uns weiterzuentwickeln. Ohne Fortschritt würden wir immer noch in Höhlen leben."

Annikas Stimme war immer lauter geworden. Sie war eine sehr leidenschaftliche Frau, das wurde Michael wieder einmal bewusst. Er sah die ganze Angelegenheit jetzt auch mit anderen Augen, aber er war immer noch nicht davon überzeugt, dass die Frauenrechtsbewegung als Ganzes gutzuheißen war. Er musste in Ruhe darüber nachdenken.

„Und?", fragte Annika nach einigen Augenblicken.

„Die Jury hat sich zur Beratung zurückgezogen, aber ich denke über deine Worte nach. Ich möchte versuchen, sie mit Gottes Wort übereinzubringen und darüber beten."

Annika lächelte und Erleichterung spielte in ihren Augen. Sie fragte verschmitzt: „Geben Sie also zu, Mr Truesdale, dass an meinen Worten etwas Wahres dran ist?"

„Ich gebe nur zu, Miss Windsor, dass ich über Ihre Theorien nachdenken werde", erwiderte er lächelnd.

„Das ist eine viel bessere Antwort, als du sie mir vor zehn Jahren gegeben hast", gab Annika nach einer Weile zu bedenken.

„Ja. Und das damals tut mir wirklich leid."

Annika wälzte sich im Bett hin und her. Schließlich gab sie es auf, auf den Schlaf zu warten, und starrte mit offenen Augen an die Decke. Sie wusste nicht, wie sie mit diesem Rückschlag umgehen sollte. *Wie soll ich nur entscheiden, wer Land bekommt und wer nicht?* Sie stellte sich die Gesichter der Frauen vor, die sich ihr anvertraut hatten. Sie waren mit ihren Hoffnungen und Träumen zu ihr gekommen. *Herr, wie kann ich das nur entscheiden? Bitte schenk mir Weisheit.*

Nach einer Weile stand Annika auf und durchquerte den kleinen Raum. Sie zog die Vorhänge zurück und starrte in den Nachthimmel. Die Straße war leer und nur der Mond erleuchtete die Gebäude ringsum.

Wenigstens war es jetzt in den Nächten kühler und ihr Zimmer war nicht mehr so stickig wie in den letzten Monaten. Der Herbst war so ganz anders, als sie ihn von zu Hause her kannte. Sie vermisste die roten und goldenen Blätter, die von den Bäumen fielen. Hier in Arizona gab es keine wirklichen Jahreszeiten und obwohl sie das Land und die Menschen lieben gelernt hatte, vermisste sie doch ihre Heimat.

Annika ließ den Vorhang zurückfallen und seufzte tief. Sie war so müde, eigentlich brauchte sie den Schlaf, und doch konnte sie keine Ruhe finden. Ständig kreisten ihre Gedanken um Michael. Er war so lieb und warmherzig – und trotzdem waren seine Überzeugungen nicht richtig. Seine Einstellung seinem Beruf gegenüber, seine festgefahrenen religiösen Ansichten widersprachen den ihren völlig.

Annika holte ihren Mantel aus dem Schrank, zog ihn über ihr Nachthemd und knöpfte ihn bis zum Kinn zu. So leise wie möglich öffnete sie die Tür und schlüpfte hinaus. Sie schlich auf Zehenspitzen in Richtung Küche, wo sie sich eine Tasse heiße Milch machen wollte. Ihr Vater hatte das immer getan, wenn sie als Kind nicht schlafen konnte.

Um niemanden zu wecken, ließ sie das Licht aus und ging langsam durch das dunkle Haus. Schließlich erreichte sie die Küche. Am Herd stand Michael, den Rücken zu ihr gewandt. Seine Kleidung war immer noch von der Zugreise verknittert. Schnell überlegte Annika, ob sie sich umdrehen und wieder davonschleichen sollte, doch Michael schien ihre Gegenwart schon bemerkt zu haben.

Er drehte sich um und fragte mit leiser, flüsternder Stimme: „Konntest du auch nicht schlafen?"

Wortlos schüttelte sie den Kopf.

„Ich mache mir gerade ein bisschen Milch heiß. Möchtest du auch eine Tasse?"

Diesmal nickte Annika und Michael schüttete noch etwas frische Milch in den Kochtopf. Während er rührte, damit die Milch nicht anbrannte, setzte sich Annika an einen kleinen Arbeitstisch. So hätte es sein können, wenn sie Michael damals geheiratet hätte, dachte sie. Doch so plötzlich dieser Gedanke gekommen war, war er auch schon wieder verschwunden und Ärger machte sich in ihr breit. Was machte er überhaupt hier? Er brachte ihr Leben und das ihrer Klientinnen durcheinander.

Nach einer Weile des Schweigens stellte Michael die heiße Milch vor Annika und setzte sich zu ihr.

„Belastet dich das Urteil des Richters?", fragte Michael schließlich.

Wieder machte sie nur eine nichtssagende Geste mit dem Kopf.

„Wann fängst du an, die Grundstücke zu verteilen?", wollte Michael genauer wissen.

Er verstand sie nicht. Sie wollte nicht mit ihm über den Prozess reden.

„Ich werde noch ein paar Tage brauchen", sagte sie endlich.

„Ich hätte bis zum Ende der Woche gerne alle Formalitäten geregelt", betonte Michael.

Damit du hier verschwinden kannst und nicht mit ansehen musst, was du hier angerichtet hast? „Natürlich willst du das. Du hast deinen Job erledigt. Deine zwölf Mandanten haben gewonnen. Aber ich muss mir überlegen, welchen zwölf Frauen ich das Land verweigere, wessen Traum ich zerstöre." Annika stand schnell auf, ergriff ihre Tasse und wollte in ihr Zimmer, um die Milch in Ruhe zu trinken und sich nicht mit Michael auseinandersetzen zu müssen. Doch Michael ergriff ihren Arm.

„Warte, Annika. Warum bist du so ärgerlich?"

„Ich bin ärgerlich, weil du einfach hier auftauchst, alles durcheinanderbringst und dann wieder verschwindest." *Und ich brauche dann wieder Jahre, um dich zu vergessen.*

„Wie kann ich helfen?", fragte er drängend.

Das war ihre Chance, ihr Verhandlungsgeschick unter Beweis zu stellen. Sofort war sie wieder die Rechtsanwältin. „Gib meinen Mandantinnen alle Grundstücke, die in der Nähe der bewohnten Gegenden sind."

Michael sah sich die Landkarte an und ihm war klar, dass Annika ihn darum bat, seinen Klienten nur die unbeliebten Grundstücke anzubieten. Ihre Mandantinnen würden die guten Parzellen bekommen.

„Dir ist doch klar, dass ich das nicht tun kann, oder?" Seine Stimme klang weich und entschuldigend. „Das ist nicht im Interesse meiner Mandanten. Ich muss dafür sorgen, dass sie ihr Recht bekommen."

Sie sah enttäuscht aus. „Du hast doch selber zugegeben, dass das Urteil ungerecht war."

„Sie haben mich aber dafür bezahlt, dass ich das Beste für sie heraushole. Wie kannst du das von mir verlangen?"

„Deine Mandanten verdienen dieses Land einfach nicht. Sie sollten mit dem zufrieden sein, was sie bekommen", brach es aus Annika hervor, bevor sie über ihre Worte nachdenken konnte.

Michael wusste, dass Annika völlig übermüdet war, und deshalb nahm er ihr das Gesagte nicht übel. Annika war enttäuscht und musste nun versuchen, das Beste aus dieser Situation herauszuholen.

„Annika, wenn ich könnte, würde ich dir sofort die dreißig Grundstücke überlassen. Ich würde am liebsten vergessen, dass dieses ganze Verfahren jemals stattgefunden hat, aber du weißt, dass das nicht geht. Der Richter hat ein Urteil gesprochen und wir müssen uns danach richten."

Annika senkte den Kopf, gerade als eine einsame Träne über ihre Wange kullerte. Michael seufzte und legte zärtlich seinen Arm um ihre Schultern. Sie schob ihn nicht weg, sondern ließ sich seine Umarmung gefallen. Er beugte sein Gesicht zu ihrem und küsste die Träne von ihrer Wange. Dann flüsterte er leise: „Es tut mir so leid."

Annika lehnte sich zurück und sah Michael forschend in die Augen. Ihr Blick schien bis in seine Seele zu dringen. Dann fiel Michaels Blick auf Annikas Lippen. Sie waren halb geöffnet, wie um eine Bitte auszusprechen. Plötzlich spielten die vergangenen Jahre keine Rolle mehr für ihn. Das Verlangen nach Annikas Gegenwart, der Wunsch, endlich wieder ihre Lippen auf den seinen zu spüren, wurde fast unerträglich. Nach einem unendlich erscheinenden Moment beugte er seinen Kopf langsam hinunter zu ihr. Als sich ihre Lippen fanden, schien für Michael die Zeit stehen zu bleiben. Wie sehr hatte er dieses Gefühl vermisst.

Kapitel 7

Dies war genau der Ort, an den Annika gehörte – in Michaels Arme. Als sich ihre Lippen trafen, entspannte sich Annika in seiner Umarmung, und er genoss das Gefühl, sie halten zu können. Die Liebe, die er einst versucht hatte zu verdrängen, durchströmte ihn erneut mit aller Heftigkeit.

Als seine Lippen sich von den ihren trennten und er Annika ins Gesicht sah, erkannte er, dass auch ihre Gefühle für ihn von Neuem erwacht waren.

Wenn wir nur endlich unsere Differenzen aus der Welt schaffen könnten. Als sie sich so in die Augen sahen, fühlte er Hoffnung in sich aufkeimen. Er würde sich gleich morgen früh mit dem Pfarrer treffen und ihm einige Fragen bezüglich der Bibel und ihr Standpunkt zum Wahlrecht der Frauen stellen.

Während er noch in Gedanken schwebte, sah er, wie sich auf Annikas Gesicht plötzlich wieder Ärger abzeichnete. Ihre Züge verhärteten sich.

„Wie kannst du es wagen!", brachte sie eiskalt hervor.

Michael ließ Annika schnell los und wich zurück. Wo war nur die Zärtlichkeit geblieben, die gerade noch zwischen ihnen gewesen war? Aus dem Augenwinkel sah er, wie Annikas Hand ausholte. Sie schien genauso überrascht von ihrer Handlung wie er, während er sich fassungslos die schmerzende Stelle in seinem Gesicht rieb. *So viel zum Thema Differenzen aus der Welt schaffen.*

„Du hattest kein Recht, das zu tun", schnappte Annika. Feuer brannte in ihren Augen.

„Es tut mir leid, ich dachte …"

„Nein, Michael, genau das ist dein Problem. Du denkst eben

nicht. Du denkst nicht über die Fälle nach, die du annimmst, oder die Leute, die sie betreffen. Du denkst nicht darüber nach, bevor du das Herz einer Frau brichst. Und du hast bestimmt nicht darüber nachgedacht, warum es eine schlechte, eine sehr schlechte Idee ist, mich zu küssen." Sie war jetzt wirklich wütend und ihre Stimme wurde immer lauter.

„Annika …"

„Nein!", rief sie und schüttelte den Kopf. „Versuch nicht, dich rauszureden. Und versuch nie wieder, mich zu küssen." Sie drehte sich abrupt um und verließ die Küche.

Was ist denn hier gerade passiert? In einem Moment war Annika zärtlich und schmiegte sich in seine Arme und im nächsten tobte sie wie eine Furie und gab ihm eine Ohrfeige. Immer noch verwirrt, räumte er das benutzte Geschirr weg und ging dann wie in Trance in sein Zimmer zurück. Den Rest der Nacht verbrachte er schlaflos auf seinem Bett und starrte die Decke an.

Trotz Annikas Ausbruch in der Nacht entschied sich Michael dafür, am frühen Morgen den Pfarrer aufzusuchen. Auch wenn keine Aussicht darauf bestand, dass die Beziehung zwischen Annika und ihm jemals wieder ins Reine kam. Trotzdem musste er der Sache endlich auf den Grund gehen, musste er herausfinden, ob Annika vielleicht recht hatte mit ihrer Einstellung.

Schon in der Nacht hatte er sich Fragen notiert, die er dem Pfarrer stellen wollte. Deshalb machte er sich gleich auf zum Pfarrhaus. Er wollte nicht riskieren, Annika am Frühstückstisch zu treffen. Er fand Pfarrer Gavin McCurdy draußen vor der Kirche, wo er den Hof kehrte.

„Guten Morgen, Herr Pfarrer." Michael schüttelte dem Geistlichen die Hand. „Hätten Sie ein paar Minuten Zeit, um mir etwas zu erklären?"

„Natürlich. Kommen Sie nur, setzen Sie sich und erzählen Sie mir, was Sie beschäftigt", forderte der Pfarrer ihn freundlich auf.

Michael setzte sich neben den Pfarrer auf die Stufen, die zur Kirchentür hinaufführten.

„Ich muss wissen, was Gott zur Frauenrechtsbewegung sagt."

Der Pfarrer schien verwirrt. „Frauenrechtsbewegung?" Sein Blick schien in weite Ferne zu schweifen, doch dann lächelte er plötzlich verschmitzt und fragte: „Bereitet Ihnen eine Frau Schwierigkeiten?"

Michael nickte. „So könnte man es ausdrücken."

„Da haben Sie sich wohl ein resolutes Frauenzimmer gesucht, was?"

Michael zögerte. Er hatte sich niemanden gesucht. „Nein, so kann man das nicht sagen. Wir haben uns wegen dieses Themas gestritten und getrennt. Und jetzt möchte ich wissen, ob ich überreagiert habe. Was sagt die Bibel dazu? Will Gott, dass Frauen wählen? Ich habe nichts dazu gefunden."

Pfarrer McCurdy nickte verständnisvoll. „Die Bibel bezieht sich nicht direkt darauf. Man muss genauer hinschauen, um die Antwort zu finden."

„Was ist also die Antwort? Ist Gott für oder gegen das Frauenwahlrecht?", beharrte Michael.

„Lassen Sie uns gemeinsam schauen." Der Pfarrer erhob sich. „Ich hole meine Bibel und dann suchen wir zusammen nach der Antwort."

Michael folgte dem Pfarrer in ein kleines Büro, wo er eine zerlesene Bibel vom Schreibtisch nahm.

„Lassen Sie uns in 1. Mose 2,18 nachschauen." Die Seiten der Bibel knisterten, als Pfarrer McCurdy nach der Stelle suchte. „Hier ist es ja. ‚Dann sprach Gott, der Herr: Es ist nicht gut, dass der Mensch allein bleibt. Ich will ihm eine Hilfe machen, die ihm entspricht.' Eine Hilfe zu sein bedeutet nicht, dem anderen untergeben zu sein. Ich glaube vielmehr, dass eine Hilfe jemanden unterstützt, wenn der allein nicht zurechtkommen würde."

Der Pfarrer hob demonstrativ seine beiden Hände hoch. „Eine Hilfe ist jemand, der zu Ihnen passt, wie Ihre Rechte zu Ihrer Linken." Er legte die Handflächen aneinander und faltete schließlich seine Hände. Dann hob er sie gefaltet hoch und erklärte: „Vor dem Sündenfall erschuf Gott die vollkommene Partnerschaft zwischen Mann und Frau. Lassen Sie uns schauen, was danach geschah."

Er blätterte um und räusperte sich. „In 1. Mose 3,16 steht etwas über die Folgen, die der Sündenfall hatte. Gott sagt hier zur Frau: ‚Du hast Verlangen nach deinem Mann; er aber wird über dich herrschen.'" Pfarrer McCurdy sah Michael an und schüttelte den Kopf. „Traurig, nicht wahr? Die Sünde hat uns der vollkommenen Partnerschaft beraubt. So hatte es Gott nicht für den Menschen vorgesehen. Soll es so bleiben?" Nach einem kurzen Augenblick fuhr er fort: „Nein, ich glaube nicht, dass Gott das will."

Er blätterte weiter. „Lassen Sie uns auch im Neuen Testament nachschauen. Paulus hebt im Römerbrief in Kapitel 16 den Einsatz der Frauen für die Gemeinde hervor und äußert seine Wertschätzung für ihre Arbeit und ihre Führung. Er hat begriffen, wie wichtig diese Frauen für ihre Gemeinschaft sind. Er weiß um ihre Fähigkeiten und ihren Einsatz für das Reich Gottes."

Während Michael dem Pfarrer zuhörte, war ihm immer noch nicht klar, worauf dieser hinauswollte. „Her Pfarrer, ich schätze wirklich, was Sie da sagen, aber was hat das denn mit dem Frauenwahlrecht zu tun?"

Pfarrer McCurdy lächelte. „Geduld, mein Lieber." Wieder blätterte er in seiner Bibel. „Diese letzte Stelle aus Galater 3 sollte alles aufklären. Hier steht geschrieben: ‚Es gibt nicht mehr Juden und Griechen, nicht Sklaven und Freie, nicht Mann und Frau; denn ihr alle seid „eins" in Christus Jesus.'" Der Pfarrer klappte die Bibel zu und sah Michael direkt in die Augen. „Wir sind alle eins in Jesus." Er nickte zufrieden und schien damit Michael das Wort zu erteilen.

Michael kratzte sich nachdenklich am Kopf. „Also glauben Sie, dass wir in Gottes Augen alle gleich sind und uns auch gleichberechtigt behandeln sollen?"

„Ja, Sie haben es verstanden."

Michael versuchte, sich an diese neue Denkweise zu gewöhnen. „Aber was ist damit, dass die Frau sich ihrem Ehemann unterordnen soll?"

„Das ist ein völlig anderes Thema. Sie wollten wissen, was die Bibel zu den Rechten der Frauen sagt. Ich glaube, Frauen sollten die gleichen Rechte haben wie Männer. Gott hat das so vorgesehen. Und trotzdem sollte sich eine Ehefrau ihrem Mann unterordnen."

Endlich verstand Michael. Frauenwahlrecht und Ehe waren zwei verschiedene Themen. Die meisten Menschen unterschieden, so wie er, nicht zwischen ihnen.

„Sie glauben also, dass Christus, wenn er auf der Erde wandeln würde, das Frauenwahlrecht gestatten würde?"

„Ja, ich bin fest davon überzeugt. Und wenn es in einer Ehe zu Problemen führt, dann ist das die alleinige Sache des Ehepaares. Sie müssen ihre Differenzen allein beilegen."

Michael nickte. Annika und er waren anscheinend noch nie gut darin gewesen, ihre Probleme zu lösen. Vielleicht war es richtig, dass sie nie geheiratet hatten.

„Wenn es um die Ehe geht, müssen allerdings auch die Männer ihre Position richtig verstehen. Sie sind die Ernährer der Familie und tragen die Verantwortung. Sie müssen sich um ihre Frauen kümmern und sie so behandeln, wie sie selbst von anderen behandelt werden wollen – mit Respekt. Denken Sie immer daran, vor Gott sind wir alle gleich."

Michael nickte. „Vielen Dank, Herr Pfarrer. Ich denke, ich habe es jetzt verstanden." Er stand auf und reichte dem Geistlichen zum Abschied die Hand.

Die Hilfe, die er von dem Pfarrer erhalten hatte, mochte Michael vielleicht nicht wieder mit Annika zusammenbringen, aber immerhin verstand er jetzt ihren Standpunkt. Mit diesem Wissen wäre es ihm hoffentlich möglich, eines Tages ein guter Ehemann zu werden. Allerdings gab es nur eine Frau, für die er das im Moment sein wollte. Und die war in unerreichbare Ferne gerückt …

Die Tür quietschte und zeigte Annika, dass jemand ihr Büro betreten hatte. Sie fuhr sich schnell mit der Hand durch die Haare und erhob sich von ihrem Schreibtisch. Mit einem Seufzer begab sie sich an den Empfangstresen.

India lächelte sie an: „Hallo, Annika. Ich bin nur gekommen, um dich daran zu erinnern, dass wir dieses Wochenende nach Tucson wollen." Als sie sah, wie müde und abgespannt Annika aussah, runzelte sie die Stirn. „Ist alles in Ordnung mit dir?"

Annika seufzte. „Ich habe letzte Nacht ziemlich schlecht geschlafen."

„Hat dich der Fall wach gehalten?"

Annika nickte und fügte hinzu: „Und Michael."

Indias Augenbrauen hoben sich fragend. „Michael?"

„Er hat mich geküsst." Annika platzte mit dem Gedanken heraus, der sie schon seit Stunden beschäftigte.

„Will er versuchen, da weiterzumachen, wo ihr vor zehn Jahren aufgehört habt?"

Annika zuckte mit den Schultern. „Wie sollte das denn gehen? Er verlässt nächste Woche die Stadt."

„Und du wünschst dir, er würde das nicht tun?"

„Nein!", antwortete Annika schnell.

India sagte nichts dazu, sondern sah Annika nur lange an.

„Ach, ich weiß auch nicht." Annika ließ den Kopf sinken. „Warum beschäftigt mich dieser Kuss nur so? Seit vierzehn Stunden denke ich an nichts anderes mehr."

India erwiderte ernst: „Du weißt ganz genau, warum dir dieser Kuss so zu schaffen macht. Du liebst Michael immer noch."

„Aber warum? Habe ich denn aus unserer Vergangenheit nichts gelernt?" Annika ging langsam zum Fenster. „Ich bin unzufrieden mit mir selbst. Ich habe mich in seinen Armen so wohlgefühlt. Das darf nicht sein."

India kicherte. „Also hast du den Kuss genossen?"

Annika nickte beschämt. „Ja, aber dann …"

India fragte drängend: „Aber dann, was?"

„Na ja, dann habe ich ihm eine Ohrfeige verpasst."

India schüttelte fassungslos den Kopf. „Das hast du nicht!" Ihre Augen hatten sich vor Erstaunen geweitet.

„Doch, leider ja", gab Annika zu.

„Und wie hat Michael reagiert?"

Annika lachte und schüttelte den Kopf. „Na ja, sein Gesichtsausdruck wechselte schlagartig von Zufriedenheit über Erstaunen bis hin zur Fassungslosigkeit."

„Der Arme!"

„Der Arme? Was ist mit mir? Wie kann er es nur wagen, mich zu küssen, nur weil er es früher einmal getan hat?"

„Vielleicht solltest du das lieber ihn fragen", gab India zu bedenken.

Daran hatte Annika noch nicht gedacht. Wenn Michael wirklich vorhatte, Cactus Corner nächste Woche wieder zu verlassen, warum hatte er sie dann geküsst? Wahrscheinlich nur aus alter Gewohnheit, rief sie sich wieder zur Ordnung. *Wenn er wirklich mit mir reden will, muss er zu mir kommen. Ich habe ihm nichts zu sagen.*

Schnell wechselte sie das Thema. „Das mit dem Ausflug nach Tucson hatte ich völlig vergessen. Ich glaube nicht, dass ich Zeit habe ..."

„Keine Ausreden. Du musst mit. Du hast in letzter Zeit viel zu viel gearbeitet. Du musst dich mal ablenken, etwas Neues sehen. Wir machen am Samstag einen Ausflug in die Carrillo-Gärten, übernachten im Hotel, gehen Sonntagmorgen in den Gottesdienst und fahren dann wieder nach Hause."

Annika wollte nicht mit, aber sie hatte ja schon zugesagt. Jetzt konnte sie die anderen nicht einfach im Stich lassen. Außerdem würde sie in Tucson nicht aus Versehen Michael über den Weg laufen.

„Na gut, ich spreche mich mit Jody und Elaine ab. Dann komme ich morgen Abend zu euch auf die Ranch", lenkte Annika ein.

„Nicht nötig. Joshua holt dich mit dem Wagen ab. Sei um sechs Uhr vor der Pension."

Kurz nachdem India gegangen war, trafen die ersten der dreißig Frauen, die Annika vertreten hatte, zu einem nachmittäglichen Treffen ein. Zusammen würden sie eine Lösung finden müssen, wie man die verbliebenen Grundstücke aufteilen könnte. Annika wünschte, die ganze Sache wäre anders ausgegangen, aber jetzt mussten sie das Beste aus dieser Situation machen.

Kapitel 8

Früh am Samstagmorgen verließen Annika, Elaine, Jody und India die Ranch und gingen zu dem Pferdewagen, den Joshua vor der Tür geparkt hatte. Er wartete schon auf die Frauen. Direkt neben ihm saß Michael. Annikas Schritte wurden langsamer und ihr Herz setzte einen Schlag aus. Sie warf India einen bösen Blick zu und diese formte mit ihren Lippen eine lautlose Entschuldigung.

„Es tut dir leid?", zischte Annika. „Warum hast du es mir nicht gesagt?"

„Ich habe es selbst eben erst erfahren", flüsterte India zurück. „Joshua hat ihn eingeladen. Ich wusste nichts davon." India lächelte stoisch und winkte den Männern auf dem Wagen zu, die in ein Gespräch vertieft waren.

Annika wünschte sich, sie hätte auf ihr Herz gehört und wäre zu Hause geblieben. Das würde ein schreckliches Wochenende werden.

Als er sie sah, schlich sich in Michaels Gesichtsausdruck die gleiche Unbehaglichkeit, die auch Annika verspürte. Er schien ebenfalls nichts davon gewusst zu haben, dass sie dabei sein würde.

Während der Fahrt redeten die Frauen aufgeregt miteinander, doch Annika fiel es schwer, sich auf etwas anderes als den Mann neben Joshua zu konzentrieren. Sie lauschte der Diskussion, die die beiden Männer führten. Sie unterhielten sich über Leopoldo Carrillo, nach dem die berühmten Carrillo-Gärten benannt waren, die sie gleich besichtigen würden.

Als sie bei den Gärten ankamen, war es etwa zehn Uhr morgens. Sie kletterten alle vom Pferdewagen und machten sich gemeinsam in Richtung Eingang auf.

„So ein Garten mitten in der Wüste?", fragte Michael erstaunt.

„Ja, die Carrillo-Gärten sind berühmt. Tuscons wichtigste Bürger feiern hier ihre Feste. Und heute Abend werde ich mit meinem Ehemann unter dem Sternenzelt zur Musik des Carrillo-Orchesters tanzen."

India und Joshua warfen sich einen romantischen Blick zu und Annika hatte plötzlich das Verlangen, auch solche tiefen Gefühle mit jemandem teilen zu können.

Nachdem sie den Eintritt bezahlt hatten, schlenderten sie durch die Gärten, bis sie eine Stelle gefunden hatten, an der sie ihr Picknick einnehmen wollten. Jody und Elaine breiteten Decken aus und bereiteten alles für das Essen vor.

Annika warf Michael einen verstohlenen Blick zu. Sie fragte sich, ob er sich noch an ihr gemeinsames Picknick am Michigansee erinnerte. Es war ein wunderschöner Tag gewesen. Vielleicht könnte sie heute noch einmal so einen Tag verbringen, bevor Michael nächste Woche abreiste.

Schließlich setzten sich alle zum Essen. Es gab belegte Brötchen, kalte Hähnchenschenkel und allerlei Knabbereien. Alle lachten und redeten laut während des Essens, nur Annika und Michael schwiegen und schienen ihren Gedanken nachzuhängen.

Als die Mahlzeit beendet war, erhob sich Michael. „Annika, würdest du mit mir im Rosengarten spazieren gehen?"

Annikas Herz machte einen erschrockenen Satz bei dem Gedanken daran, Michael so nahe zu sein. Alle Augen richteten sich auf sie und erwarteten eine Antwort. Sie nickte, auch wenn sie sich im Stillen fragte, ob sie verrückt geworden sei. Michaels Augen allerdings waren so freundlich und einladend, dass sie ihnen nicht widerstehen konnte.

Er reichte Annika seine Hand und half ihr beim Aufstehen. Wie immer, wenn sie sich berührten, schlug Annikas Herz schneller. Michael hielt ihr seinen Arm hin und sie hakte sich unter. Dann gingen sie in Richtung des Rosengartens.

„Meine Mutter züchtet Rosen", bemerkte Michael. „Immer wenn

ich Rosen sehe, bekomme ich Heimweh nach meiner Familie in Nebraska."

„Das verstehe ich. Bei mir verursacht ein Picknick genau das Gleiche. Ich sehne mich nach Chicago."

„Und nach dem Michigansee", sagten sie beide gleichzeitig.

Annika lächelte zu ihm hoch. Die Erinnerungen an ihre Beziehung vor der Trennung waren immer noch lebendig und sie dachte gern daran. In den letzten Jahren hatte sie diese Gedanken immer weit von sich geschoben und nur daran gedacht, wie sehr Michael sie verletzt hatte. Vielleicht würde sie das eines Tages vergessen können.

Schließlich fragte sie: „Wie geht es deiner Familie? Ich habe dich immer um deine Schwestern und Brüder beneidet."

„Und ich habe dich darum beneidet, dass du ein Einzelkind warst und dein Vater sich nur um dich gekümmert hat."

Sie gingen an einigen weißen Rosen vorbei. Annika blieb stehen und strich mit den Fingern über die zarten Blüten.

„Ja, aber als Einzelkind ist man auch oft einsam. Du hattest immer neun Spielkameraden um dich herum."

„Vielleicht war genau das das Problem. Sie waren ununterbrochen um mich herum." Michael wurde ernst. „Nein, du hast recht. Ich bin dankbar für meine Familie. Sie sind alles, was für mich auf dieser Welt zählt."

Annika wusste genau, wie Michael sich fühlte. Auch sie hatte nur ihren Vater und er bedeutete ihr alles. Doch immerhin hatte sie hier auch Freundinnen gefunden und konnte sich um die Kinder im Waisenhaus kümmern. Das erfüllte ihr Leben mit Freude.

„Haben Katherine und Ethan geheiratet?", fragte sie neugierig. „Als wir uns damals getrennt haben, hat er doch um sie geworben."

„Sie ist mittlerweile verheiratet und hat fünf Kinder. Alles Jungs."

„Oh, die Arme", lachte Annika. „Und deine Eltern? Wie geht es ihnen?"

„Sie werden älter und lieben sich mit jedem Tag mehr."

Annika wurde bei diesen Worten traurig. Würde sie jemals mit einem Mann alt werden?

Plötzlich blieb Michael stehen und es brach aus ihm hervor: „Annika, ich möchte dir gerne so viele Dinge sagen, doch für die meisten ist es schon zu spät, fürchte ich – zehn Jahre zu spät. Aber das allerwichtigste ist: Du sollst wissen, dass es mir leidtut. Was ich damals getan habe, war falsch. Ich habe dich einfach im Stich gelassen. Es tut mir auch leid, dass ich dich geküsst habe und dass ich jetzt hier bin und dir das Wochenende verderbe. Ich habe so viel falsch gemacht." Er schüttelte hilflos den Kopf und wusste nicht mehr weiter.

„Es tut mir auch leid, Michael. Es gibt so viele Gefühle zwischen uns. Ich habe in der Nacht überreagiert. Lass uns gemeinsam ein entspanntes Wochenende verbringen und uns dann als Freunde trennen." Sie hakte sich wieder bei ihm unter und gemeinsam schlenderten sie weiter durch den Garten.

Als Freunde trennen? Ihm wäre es lieber, wenn sie sich gar nicht mehr trennen müssten. Doch Annika schien davon überzeugt zu sein, dass ihre Beziehung nicht mehr aufgenommen werden sollte.

„Ein entspanntes Wochenende hört sich gut an", stimmte Michael Annika zu. Er blieb wieder stehen, um den Duft der Rosen einzuatmen. „Ich hätte nicht gedacht, dass Rosen hier in der Wüste wachsen würden."

„Ja, ich glaube, man muss sich wirklich intensiv um sie kümmern. Aber mit Beharrlichkeit und Liebe geht es ihnen doch ganz gut, wie man sieht."

Michael musste lachen. „Genau, Beharrlichkeit, Liebe und eine große Portion Extrawasser jeden Tag."

Nachdem sie mit dem Gang durch den Rosengarten fertig waren, sahen sie sich die Obstbäume an, liehen sich ein Boot und ruderten auf den kleinen, künstlichen See hinaus. Sie ließen sich schließlich im Schatten einer alten Eiche nieder und genossen die Nachmittagssonne. Michael betrachtete Annika, während sie ihre Augen geschlossen hatte. Er hatte vergessen, wie hübsch sie war, und konnte sich nicht im Mindesten vorstellen, wie er sie hier zurücklassen und sein Leben ohne sie weiterleben sollte. Doch genau das musste er tun.

Als die Sonne langsam unterging, fing das Orchester an zu spielen. Joshua und Michael waren damit beschäftigt, reihum mit den Frauen zu tanzen. Sie amüsierten sich alle köstlich, doch am besten gefiel es Michael, wenn er Annika in seinen Armen halten konnte. Er hatte vergessen, wie viel Spaß sie früher zusammen gehabt hatten.

Am Ende des Abends stand für Michael fest, dass er Cactus Corner so schnell wie möglich verlassen musste. Warum sollte er sich damit quälen, in Annikas Nähe zu sein und immer tiefere Gefühle für sie zu empfinden, wenn sie ihm doch sowieso keine Chance für eine gemeinsame Zukunft gab?

Er verbrachte den gesamten Montag damit, den Papierkram für die Überschreibung der Grundstücke zu regeln und schickte anschließend dem Richter ein Telegramm, dass der Fall in gegenseitigem Einverständnis geregelt war. Anschließend kaufte er sich ein Zugticket nach Nebraska.

In der Nacht warf er sich wieder schlaflos hin und her, doch er traute sich nicht, sein Zimmer zu verlassen und sich in der Küche eine heiße Milch zu machen, weil er Annika nicht über den Weg laufen wollte. Das Verlangen, sie in seine Arme zu schließen, wäre zu groß. Am nächsten Morgen würde er in ihr Büro gehen und ihr die Papiere überreichen. Dann würde er sich von ihr verabschieden, auch wenn sein Herz dabei zerbräche. Sie würde es niemals erfahren.

Kapitel 9

Annika war eben in ihr Büro gekommen und zog gerade den Mantel aus, als Michael hereinkam. Sie lächelte ihn an. Der Abend mit Michael gestern würde ihr immer im Gedächtnis bleiben und ihr Herz hüpfte vor Freude, jetzt, als sie ihn sah. Sie ging ihm entgegen.

„Guten Morgen, Michael."

„Hallo, Annika", begrüßte er sie. Seine Augen waren warm und einladend. Er legte einen Papierstapel auf den Empfangstresen.

„Du bist geschäftlich hier, wie ich sehe", sagte Annika enttäuscht. Sie hatte sich etwas anderes erhofft.

„Ja, um das Geschäftliche zu klären und Auf Wiedersehen zu sagen."

Seine Worte nahmen ihr fast den Atem, doch sie ließ sich nichts anmerken. Innerlich zuckte sie zusammen bei dem Gedanken, dass er sie wieder verlassen würde.

„Wann fährst du denn?" Sie versuchte, einen beiläufigen Tonfall an den Tag zu legen.

„Heute Nachmittag."

Annika nickte und schluckte schwer. „Und, wo geht's jetzt hin?" Die Fröhlichkeit in ihrer Stimme klang sogar in ihren eigenen Ohren aufgesetzt.

„Nach Hause." Er hielt kurz inne. „Zum ersten Mal seit sechs Jahren habe ich erst einmal keinen Fall mehr." Seine Augen schauten sie die ganze Zeit aufmerksam an, als suchten sie etwas in ihrem Gesicht. „Es wird Zeit, dass ich wieder mehr Kontakt zu meiner Familie habe. Außerdem will ich mir überlegen, was ich mit dem Rest meines Lebens anfangen möchte."

„Heißt das, du denkst darüber nach, ob du sesshaft wirst?"

„Ja, ich glaube, es wird allmählich Zeit. Ich bin es leid, immer nur auf Achse zu sein."

Dann bleib hier. Bei mir. Aber die Frage der Gleichberechtigung von Mann und Frau stand immer noch ungeklärt zwischen ihnen und verursachte eine Kluft zwischen ihnen. Der Kloß in Annikas Hals wurde immer größer und schließlich wandte sie ihren Blick auf den Papierstapel vor sich. Sie musste ihre Gefühle wieder unter Kontrolle bringen.

„Ich wünsche dir alles Gute", brachte sie schließlich heraus. „Was hast du mir denn da mitgebracht?"

„Die Unterschriften meiner Mandanten. Sie haben zugestimmt, die entfernt gelegenen Grundstücke zu übernehmen, so wie du es gefordert hast."

Annika konnte nicht glauben, dass er das für sie getan hatte.

„Michael, es tut mir leid. Ich war in dieser Nacht nicht ich selbst. Ich hätte niemals von dir und deinen Mandanten verlangen dürfen –"

„Das geht schon in Ordnung." Er legte seinen Finger auf ihre Lippen. „Ich habe ihnen eine Landkarte gezeigt und zu jedem Grundstück die Vor- und Nachteile aufgelistet. Schließlich haben meine Mandanten die endgültige Entscheidung getroffen." Er hob die Landkarte hoch und zeigte ihr die Parzellen, die er für seine Mandanten markiert hatte.

„Danke, Michael." Annika versuchte erst gar nicht, ihre Gefühle zu verbergen. Michael ergriff ihre Hand über den Tresen hinweg und drückte sie.

„Das ist das Mindeste, was ich für dich tun kann." Er musste sich räuspern, denn auch er konnte seine Gefühle kaum noch unter Kontrolle halten. „Ich habe dem Richter telegrafiert und er hat zugestimmt, dass einige Grundstücke von zwei Frauen bewirtschaftet werden dürfen." Michael kramte in dein Papierstapel und zog ein weiteres Dokument hervor. „Auf diese Weise verliert keine deiner Klientinnen ihren Anspruch."

Annika verstand die Welt nicht mehr. „Das hast du für mich getan?"

Michael nickte nur. Sein Gesichtsausdruck war so voller Gefühle für sie, dass Annika erneut den Blick abwenden musste. Schließlich brachte er hervor: „Ich wollte nicht, dass ich für dich zum Problem werde. Ich wollte dir helfen, alles so gut wie möglich zu regeln. Es ist zwar nicht die beste Lösung –"

„Doch, Michael, es ist eine wunderbare Lösung." Annika wischte sich schnell über die Augen. Sie wollte jetzt nicht in Tränen ausbrechen. „Ich danke dir." Er hatte die Lösung gefunden, an die sie nicht gedacht hatte.

„Ich könnte meine Abreise um einige Tage verschieben und dir dabei helfen, den ganzen Papierkram zu bewältigen", schlug er hoffnungsvoll vor.

Annika schüttelte den Kopf, weil sie wusste, dass sie sich wahrscheinlich nie wieder auch nur im Entferntesten damit beschäftigen würde, ob Frauen jemals das Wahlrecht erhielten, wenn sie ihre Zeit weiter mit Michael verbrachte. Sie würde mit ihm nach Nebraska gehen und dort mit ihm auf einer Farm leben, wenn er sie darum bäte. So schmerzhaft ein Abschied auch wäre, es würde nichts bringen, das Unvermeidliche hinauszuzögern.

„Auch wenn ich dir sehr dankbar für dein Angebot bin, kann ich es nicht annehmen. Ich werde schon allein zurechtkommen."

Die Enttäuschung stand Michael deutlich ins Gesicht geschrieben. Er streckte Annika seine Hand entgegen. „Gut. Dann auf Wiedersehen."

Anstatt seine Hand zu ergreifen, ging Annika um den Empfangstresen herum. Vielleicht hatte sie lange genug für andere Frauen gekämpft. Vielleicht müsste sie jetzt endlich einmal für sich selbst kämpfen, für ihre Zukunft, ihr eigenes Glück. Als sie neben ihm stand, ergriff sie seine Hand, stellte sich auf die Zehenspitzen und küsste Michael auf die Wange.

„Ich werde dich vermissen." Annika zwängte die Worte an dem Kloß in ihrem Hals vorbei.

Michael legte seine Hand an Annikas Wange und seine Augen funkelten, als er zärtlich sagte: „Ich liebe dich, Annika."

Hatte sie richtig gehört? Sie betrachtete eindringlich sein Gesicht und seine Liebe zu ihr war offenkundig. „Hast du gerade wirklich gesagt, dass du mich liebst?"

zog über Michaels Gesicht. „Ja, das habe ich

Hände auf seine Schultern und zog Michael
unter. Als ihre Lippen sich trafen, durchfuhr
eidenschaft, die sie auch schon früher für ihn

sie sich wieder von ihm, trat einige Schritte zu-
te ihre Hand in die Hüfte. „Das Lustige ist, Herr
Sie auch liebe. Also, was schlagen Sie vor, was wir
cht unternehmen sollten?“

og sie in seine Arme zurück. „Ich würde vorschlagen,
raten und uns um die nächste Generation kleiner An-
ncrn“, sagte er verschmitzt lächelnd.
nschst du dir wirklich, nicht wahr?“ Annika wurde ernst.
hte dich auch gerne heiraten, Michael. Und ich möchte
mit dir haben –“
der legte er seinen Finger auf ihre Lippen und brachte sie so
Schweigen. „Aber dir ist die Frauenrechtsbewegung immer
noch wichtig und du möchtest deinen Einsatz für sie nicht aufgeben“, beendete er ihren Satz und küsste sie dann noch einmal schnell
auf den Mund. „Ich habe dieses Problem vor einigen Tagen für
mich gelöst. Ich hatte ein sehr informatives Gespräch mit Pfarrer
McCurdy.“ Er fasste kurz zusammen, was er mithilfe des Geistlichen herausgefunden hatte.

Während er ihr erklärte, dass seine Meinung sich grundlegend
geändert hatte, wurde ihr Herz immer leichter. Schließlich fragte
sie: „Warum hast du mir das nicht schon vorher gesagt?“

„Ich dachte, es würde dich nicht interessieren.“

Annika war überrascht. „Mich nicht interessieren? Wie kommst
du nur darauf?“

„Wegen deiner Reaktion auf meinen Kuss zum Beispiel.“

Annika lächelte und schüttelte den Kopf. „Ich habe nur daran
gedacht, dass du wieder weggehen und mich allein lassen wirst.
Aber jetzt ist das anders. Du darfst mich so oft küssen, wie du
möchtest.“

Als hätte er nur auf diese Einladung gewarte
vor, um ihr einen weiteren zärtlichen Kuss zu

„Ich hätte niemals gedacht, dass du mich g
um deine Einstellung zu ändern", begann Mic
wieder von Annika gelöst hatte. „Und jetzt b
gar nicht mehr. Ich will dich genau so, wie du

Annikas Träume waren endlich wahr geword
egal, wo wir leben, solange wir zusammen sind,
hier wirklich sehr gut gefällt. Ich möchte nur nicht
zu Hause bleiben und darauf warten, dass du nach
nenen Fall nach Hause kommst."

Michael ergriff ihre Hand und zog Annika zurück in
„Ich habe so lange auf dich gewartet und bin bereit, mic
lassen. Ich möchte niemals mehr von dir getrennt sein", v
er ihr. „Niemals. Und ich glaube, es wäre eine gute Idee,
bleiben."

„Also denkst du, dass diese widerspenstige Anwältin" – sie
auf sich – „und dieser manchmal etwas eingebildete Jurist" –
zeigte auf Michael – „endlich ihre Streitigkeiten beigelegt haben:
Die offiziellen und die persönlichen?"

Michael hob eine Braue. „Außer einer Sache, ja. Wie schnell können wir unsere Angelegenheit offiziell machen?" Seine Augen funkelten erwartungsvoll.

Annika lachte. „Ist es dieses Wochenende früh genug?"

„Eigentlich nicht", erwiderte er schelmisch, „aber für dich warte
ich bis dahin."

Sie besiegelten ihre gemeinsame Zukunft mit einem zärtlichen
Kuss.